Ich nahm all meinen Mut zusammen und stieg in die Gruft hinab. Zwei weitere Gewölbe taten sich auf, ich fand dort aber nur verstaubte und vermoderte Sargbretter. Im dritten aber machte ich eine Entdeckung!

In dem grauen Dämmerlicht sah ich etwa fünfzig Kisten! Staunend ging ich die lange Reihe entlang, und da, in einer der letzten, sah ich zu meinem Entsetzen auf einem Haufen frischer Erde jemand liegen. Es war der Graf. War er tot? Seine offenen Augen starrten ins Leere, waren aber nicht gebrochen oder gläsern wie bei einem Toten. Und trotz der Leichenblässe waren seine Lippen blutrot. Er lag ganz reglos da. In ihm war kein Leben, kein Atemzug, kein Herzschlag.

BRAM STOKER

Dracula

Schneider-
Buch

Personenverzeichnis

Jonathan Harker, junger Rechtsanwalt in London
Mina Murray,   Jonathans Verlobte,
                                       später seine Frau
Lucy Westenra,   Minas Freundin
Arthur Homwood,   Lucys Verlobter
Dr. Jack Seward, junger Arzt und Arthurs Freund
Professor van Helsing,   Arzt und Gelehrter
Graf Dracula

Jonathan Harkers Tagebuch

Bistritz, 3. Mai   Fuhr vorgestern abend 20.35 von München ab, machte kurzen Aufenthalt in Wien und erreichte
tags darauf am späten Abend Klausenburg.

Ich stieg im *Hotel Royal* ab und bestellte mir als Abendessen ein Nationalgericht, „Paprikahendl". Das Hähnchen
schmeckte köstlich, machte mich aber sehr durstig.

Vor meiner Abreise aus London hatte ich mich über
mein Reiseziel, das mir unbekannte Transsylvanien in den
Karpaten, unterrichtet und im Britischen Museum ein-
schlägige Bücher und Landkarten eingesehen. Mir schien
es klug, etwas über das Land zu wissen, wo Graf Dracula
wohnt, zu dessen Schloß ich jetzt im Auftrag meines
Chefs unterwegs bin.

Der Graf hatte uns geschrieben, daß sein Schloß weit
im Osten der Karpaten liege, also sicherlich in einer besonders wilden und unzugänglichen Gegend Europas.
Drei Staaten grenzen dort aneinander – Transsylvanien,
Moldau und die Bukowina. Das Schloß selbst hatte ich
freilich auf keiner Landkarte und in keinem Buch ver-
zeichnet gefunden. Durch Graf Dracula wußte ich jedoch,
daß ich ab Bistritz mit der Postkutsche bis zum Borgopaß
käme, wo mich sein Wagen erwarten würde.

Übrigens führe ich dieses Tagebuch zu meinem eigenen
Nutzen, vor allem aber, um meiner geliebten Mina nach

meiner Rückkehr alles genau berichten zu können. Schlief im *Hotel Royal* trotz des bequemen Bettes nicht sonderlich gut und träumte wirres Zeug. Vielleicht war der Hund schuld daran, der die ganze Nacht vor meinem Fenster heulte. Oder das Paprikahendl ist zu scharf gewesen. Mit dem Frühstück mußte ich mich beeilen, denn mein Zug nach Bistritz ging schon kurz vor acht Uhr, d. h. er sollte zu diesem Zeitpunkt abgehen. Als ich jedoch um 7.30 Uhr auf den Bahnsteig gestürzt kam, stand der Zug zwar da, aber ich mußte noch eine volle Stunde in meinem Abteil warten, bis er endlich abfuhr.

Die Züge scheinen immer unpünktlicher zu gehen, je weiter man nach Osten kommt. Wie mag es da erst in China sein?

Der Zug bummelte den ganzen Tag durch eine sehr hübsche Landschaft. Wir fuhren an kleinen Städtchen, an reißenden Flüssen und dichten Wäldern vorüber und sahen hin und wieder auf steilen Felsen ein Schloß liegen.

Bistritz ist sicherlich eine höchst interessante, alte Stadt. Aber leider dunkelte es schon, als wir ankamen, so daß ich kaum etwas von den Sehenswürdigkeiten zu Gesicht bekam. Graf Dracula hatte mir *Die Goldene Krone*, ein altes Gasthaus, empfohlen, und dort wurde ich schon erwartet. Eine ältere Frau in einer bunten Schürze kam mir entgegen, machte einen Knicks und fragte: „Der Herr Engländer?"

„Ja", antwortete ich. „Mein Name ist Jonathan Harker."

Sie begrüßte mich lächelnd und gab einem älteren Mann in weißen Hemdsärmeln einen Auftrag. Er ging und kam bald darauf mit einem Brief für mich wieder.

Mein Freund!

*Willkommen in den Karpaten! Ich erwarte Sie mit Unge-
duld. Leider geht Ihre Postkutsche in die Bukowina
bereits um drei Uhr morgens. Ich habe einen Platz für Sie
reservieren lassen, und am Borgopaß erwartet Sie meine
Kalesche, die Sie zu mir bringen wird. In der Hoffnung,
daß Sie eine angenehme Reise hatten, wünsche ich Ihnen
einen erfreulichen Aufenthalt in meiner schönen Heimat.*

Ihr ergebener DRACULA

4. Mai   Erfuhr heute, daß der Graf an den Gastwirt geschrieben hat, mit der Bitte, mir den besten Platz in der
Postkutsche freizuhalten. Fragte den Mann, ob er den
Grafen Dracula kenne und mir etwas über sein Schloß
erzählen könne. Zu meinem Erstaunen bekreuzigten er
und seine Frau sich, und beide verstummten erschrocken.
Leider war die Zeit zu knapp, als daß ich mich bei anderen
Leuten hätte erkundigen können. Mir kam dies recht
geheimnisvoll vor, und es bedrückte mich irgendwie.

Kurz vor der Abfahrt kam die Wirtin zu mir ins Zim-
mer gestürzt und fragte mich sehr aufgeregt: „Ja, müssen
Sie denn fahren? Müssen Sie wirklich fahren, junger
Herr?"

Ich antwortete ihr, daß ich dort wichtige Angelegen-
heiten zu regeln hätte.

Und da rief sie zu meiner Verblüffung: „Ja, wissen Sie
denn nicht, was heute für ein Tag ist?" Als sie meine ver-
ständnislose Miene sah, fuhr sie in beschwörendem Ton
fort: „Es ist doch die St.-Georgs-Nacht! Wissen Sie denn

7

nicht, daß heute um Mitternacht alle bösen Geister dieser Welt umgehen? Ahnen Sie überhaupt, wohin Sie fahren und was Sie dort erwartet?"

Die Frau war völlig verstört, geradezu verzweifelt, und warf sich schließlich vor mir auf die Knie und flehte mich an, nicht zu fahren. Oder meine Abfahrt wenigstens um ein paar Tage zu verschieben. Obwohl mir ihr Benehmen und ihre Warnung übertrieben und närrisch erschienen, überkam mich doch ein unbehagliches Gefühl. Nun, egal, ich habe meinen Auftrag auszuführen, und nichts wird mich davon abhalten. Darum erklärte ich ihr ruhig und bestimmt, daß es meine Pflicht sei, zu fahren. Sie stand auf und wischte sich die Tränen ab. Dann nahm sie eine Kette mit einem Kruzifix vom Hals und legte sie mir um.

„Dann nehmen Sie wenigstens dieses Amulett, und Gott schütze Sie!" sagte sie und verließ mit gesenktem Kopf das Zimmer.

5. Mai Als ich in die Postkutsche stieg, sah ich den Wirt mit dem Postillion flüstern. Sie schienen über mich zu sprechen, denn beide blickten ab und zu scheu zu mir hin. Auch ein paar Leute, die auf einer Bank vor dem Gasthaus gesessen hatten, traten nun an die Kutsche, um zuzuhören und sahen mich dabei mitleidig an.

Ein paar Wörter wurden ständig wiederholt, und da ich sie nicht verstand, holte ich mein Wörterbuch aus der Tasche und schlug dort nach. Was ich da las, stimmte mich nicht gerade heiter: „Satan", „Hölle", „Hexe" und dann noch ein Wort, was „Werwolf", aber auch „Vampir" bedeutet. Wieder mußte ich feststellen, wie abergläubisch die Leute hier sind. Ich nahm mir vor, den Grafen danach zu fragen.

Als wir abfuhren, war die Menschenschar vor dem Gasthaus noch größer geworden. Viele bekreuzigten sich und streckten mir zwei gespreizte Finger entgegen. Unterwegs fragte ich einen Mitreisenden, was dieses seltsame Betragen zu bedeuten habe, und nach einigem Zögern sagte er mir, diese Zeichen gäben Schutz vor dem „bösen Blick".

Mich berührte dies alles recht unangenehm, denn schließlich bin ich in der Fremde und muß dort einen unbekannten Mann treffen.

Aber bald darauf vergaß ich allen Aberglauben und alle Gespensterfurcht, denn die Gegend, durch die wir fuhren, war unbeschreiblich lieblich. Es war ein grünes, hügeliges Land, wo lichte Wäldchen mit großen dichten Wäldern abwechselten, wo Bauernhöfe lagen und wo Obstbäume in reicher Fülle blühten.

Während wir den schier endlosen Weg durch die schöne Landschaft dahinfuhren, sank die Sonne tiefer, und die Schatten wurden länger. Mittlerweile waren wir in ein unwegsames Gebirge gekommen, wo schneebedeckte Gipfel im Schein der untergehenden Sonne glühten. Die Steigungen wurden bald so steil, daß die Pferde nur mühsam vorankamen. Der Postillion aber trieb sie unbarmherzig mit Rufen und Peitschengeknall zur Eile an. Ich wollte absteigen und zu Fuß nebenher gehen, um den armen Tieren die Last zu erleichtern, aber davon wollte der Postillion nichts wissen.

9

„Nein, nein, ausgeschlossen!" wehrte er ab. „Hier darf man nicht zu Fuß gehen, denn hier lauern Wölfe und wilde Hunde. Und von diesen Bestien", fügte er dann grimmig hinzu, „werden Sie schon noch genug zu sehen kriegen, bevor Sie heute ins Bett kommen."

Als es dunkel geworden war, wurden meine Mitreisenden sehr unruhig, ja geradezu aufgeregt. Einer nach dem anderen bat den Postillion, schneller zu fahren, und tatsächlich peitschte er aufs neue erbarmungslos auf die Pferde ein.

Trotz des abendlichen Dunkels konnte ich noch erkennen, daß wir jetzt in einer Schlucht waren. Zu beiden Seiten ragten hohe Felswände empor. Die Reisenden gerieten ganz außer sich, und die Kutsche raste auf quietschenden Federn und holpernden Rädern schwankend dahin wie ein Schiff auf stürmischer See. Wir alle mußten uns festhalten, um nicht von den Sitzen geschleudert zu werden.

Immer näher und immer bedrohlicher rückten die Berge auf beiden Seiten zusammen. Wir mußten kurz vor dem Borgopaß sein.

Plötzlich kramten alle Reisenden in ihren Taschen und Beuteln, holten daraus etwas hervor und drückten es mir in die Hand. Ich fühlte, daß es kleine Amulette, Talismane und ähnliches waren. Dabei murmelten sie Segenswünsche und bekreuzigten sich.

In rasender Eile fuhren wir weiter, der Postillion starrte vornübergebeugt in die Dunkelheit, und auch die Reisenden sahen mit angstvoll aufgerissenen Augen gespannt in das nächtliche Dunkel. Sie alle schienen etwas Schlimmes, vielleicht gar Ungeheuerliches zu erwarten. Als ich sie mit Fragen bedrängte, wollte mir jedoch keiner eine Antwort darauf geben.

Und dann tat sich vor uns der Paß auf. Dunkle Wolken jagten über den Himmel, und die Luft war plötzlich schwül geworden wie vor einem Gewitter.

Da mich der Wagen des Grafen hier erwarten sollte, hielt ich Ausschau nach Lichtern, aber den einzigen Lichtschein weit und breit warfen unsere flackernden Laternen. Bald wurde der Weg vor uns sandig und darum heller, aber nirgends war auch nur die Spur einer Kalesche zu entdecken.

Jetzt lehnten sich die Mitreisenden erleichtert zurück, aber ich war natürlich enttäuscht und bedrückt. Als ich noch darüber grübelte, was ich tun sollte, falls der Wagen des Grafen nicht kam, warf der Postillion einen Blick auf die Uhr und rief den anderen leise etwas zu. Ich glaubte zu verstehen: „Eine Stunde vor der Zeit!" Danach wandte er sich an mich und sagte in einem Deutsch, das noch schlechter war als meines: „Nix Wagen hier. Der Herr nicht erwartet. Besser jetzt nach Bukowina mitkommen und reisen dann morgen wieder zurück. Oder noch später. Ja, übermorgen noch besser."

Er hatte noch nicht ausgesprochen, da wieherten seine Pferde plötzlich auf, schnaubten und zerrten an den Zügeln, so daß er sie kaum halten konnte. Dann schrie ein Mitreisender entsetzt auf und bekreuzigte sich. Als ich erschrocken hinausstarrte, sah ich, daß eine Kalesche mit vier Pferden von hinten an uns herangeprescht kam. Gleich darauf hielt sie neben uns.

Im Schein unserer Laternen sah ich, daß es kohlschwarze, wundervolle Rösser waren. Auf dem Kutschbock saß ein hochgewachsener Mann mit einem breitkrempigen schwarzen Hut, der sein Gesicht verbarg. Als er sich dann zu uns wandte, sah ich einen schwarzen Bart und ein Paar funkelnde Augen, die im Laternenschein rot zu glühen schienen.

„Du bist heute sehr früh dran", sagte er zu unserem Kutscher.

„Ja, der englische Herr hatte es so eilig", stotterte unser Postillion.

„Wohl deshalb, weil du ihn in die Bukowina mitnehmen wolltest, he? Mir machst du nichts vor. Ich weiß zuviel, und meine Rosse sind zu flink."

Jetzt sah ich seinen höhnisch lächelnden Mund mit auffallend roten Lippen, zwischen denen spitze weiße Zähne aufblitzten.

„Das Gepäck des Herrn!" befahl er schroff.

In aller Hast lud unser Postillion meine Koffer aus und trug sie in die Kalesche hinüber. Danach stieg ich selber aus und ging zu dem Wagen des Grafen. Der fremde Fuhrmann packte meinen Arm, um mir hinaufzuhelfen. Es war ein eisenharter Griff, der unglaubliche Körperkräfte verriet.

Wortlos nahm der fremde Kutscher die Zügel, wendete und fuhr zurück in die dunkle Schlucht. Mit einem letzten Blick sah ich noch, wie die Reisenden sich bekreuzigten, wie der Postillion die Peitsche schwang und die Kutsche fortrollte. Unwillkürlich überlief mich ein Schauder, ich fühlte mich plötzlich sehr einsam und verlassen.

Hätte ich jetzt noch die Wahl gehabt, wäre ich wohl doch in der Kutsche geblieben, statt diese nächtliche Reise ins Ungewisse anzutreten.

Die Kalesche fuhr in scharfem Tempo dahin. Zu meiner Überraschung machte der Kutscher ganz plötzlich wieder kehrt, und wir rasten dieselbe Strecke zurück. Jedenfalls kam es mir so vor, und bald darauf erkannte ich an einigen Merkmalen, daß es tatsächlich so war. Mein banges Gefühl verstärkte sich, mir war das alles nicht geheuer.

Ich zündete ein Streichholz an und sah nach der Uhr. Es war jetzt kurz vor Mitternacht, und da erschrak ich doch. Alles abergläubische Geraune und die geheimnisvollen Andeutungen hatten mich wider Erwarten beeindruckt. Eine unbekannte Furcht beschlich mich, ich wußte aber nicht, wovor. Ja, ich zitterte sogar, und der Schweiß brach mir aus.

Da begann unten im Tal ein Hund zu heulen. Es war ein angstvolles, langgezogenes und klagendes Heulen. Gleich darauf antwortete ein zweiter Hund genauso, dann noch einer und noch einer, bis das schaurige Geheul die nächtliche Dunkelheit erfüllte. Schon bei dem Aufheulen des ersten Hundes schnaubten und scheuten die Pferde, beruhigten sich aber, als der Kutscher leise auf sie einsprach, wenn sie auch zitterten und schwitzten wie nach überstandener Gefahr.

Dann aber begann in den Bergen ein schärferes, böses Heulen. Es waren Wölfe! Jetzt gerieten die Pferde außer sich – und auch mich packte Entsetzen. Am liebsten wäre ich aus dem Wagen gesprungen und davongelaufen, aber das wäre ja sinnlos und weit gefährlicher gewesen. Die Pferde schlugen wie toll aus und rasten dann so wild dahin, daß es dem Kutscher, so ungewöhnlich stark er auch zu sein schien, nur mit Mühe gelang, sie zu zügeln.

Hohe, drohende Felswände erhoben sich zu beiden Seiten. Ein scharfer Wind fuhr plötzlich pfeifend und sausend durch die Berge. Es wurde kalt und immer kälter, und bald fiel Schnee, der alles in eine weiße Decke hüllte.

Allmählich verklang das klagende Heulen der Hunde, das der Wind zu uns herübertrug, aber nun kam das Gekläff der Wölfe näher! Bald schon schien es mir, als umringten sie uns von allen Seiten, und besinnungslose Furcht packte mich. Auch die Pferde schienen das gleiche Grauen zu verspüren, nur der Kutscher wirkte völlig unberührt. Ruhig und aufmerksam spähte er nach allen Seiten aus, obwohl in der pechschwarzen Finsternis doch gar nichts zu erkennen war.

Plötzlich aber tauchte links von uns eine flackernde blaue Flamme auf. Sofort hielt der Kutscher an, sprang ab und ging darauf zu. Dann sammelte er zu meiner Verblüffung ein paar Steine vom Wege auf und legte sie in einem bestimmten Muster aus. Und dabei sah ich etwas sehr Seltsames. Als dieser hochgewachsene Mann direkt vor der Flamme stand, verdeckte er sie nicht, denn ich sah sie gespenstisch weiterflackern. Befremdet und erschrocken starrte ich auf dieses unnatürliche Phänomen, aber da das Ganze nur wenige Sekunden dauerte, glaubte ich mich geirrt zu haben. Gerade da brach der Mond durch die dahinjagenden Wolken, und in seinem fahlen Licht sah ich rings um uns riesige, zottige Wölfe, die mit gefletschten

Zähnen und hängender Zunge hechelten. Sonst gaben sie keinen Laut von sich, aber diese Stille war weit furchterregender als ihr Geheul, und gelähmt vor Entsetzen starrte ich in ihre gelben Augen.

Gleich darauf heulten die Bestien wieder los, so als nehme das Mondlicht einen Bann von ihnen. Die Pferde stampften auf der Stelle und bäumten sich mit rollenden Augen auf, konnten aber keinen Schritt tun, da die zottigen Wölfe sie umringten.

Ich riß mich aus der Erstarrung und schrie dem Kutscher zu, zurückzukommen. Ja, ich brüllte und trommelte gegen den Wagenschlag, um das Rudel zu verscheuchen und auch, um dem Kutscher den Rückweg zum Wagen zu bahnen.

Plötzlich stand er mitten auf dem Weg, streckte befehlend seine langen Arme aus und rief etwas in scharfem Ton. Und das Unglaubliche geschah – die Wölfe verstummten und wichen zurück, weiter und weiter! Gleich darauf schob sich wieder eine schwarze Wolke vor den Mond, und alles war wieder in tiefe Finsternis getaucht.

Als ich mich nach einigen Minuten an die Dunkelheit gewöhnt hatte, sah ich den Kutscher auf den Bock klettern. Die Wölfe aber waren verschwunden. Dies alles war so seltsam und geisterhaft, daß es mir die Sprache verschlug.

Stumm setzten wir unsere Fahrt fort, eine endlose Fahrt, wie mir schien. Ich merkte nur, daß wir ständig bergauf fuhren. Ganz unversehens hielt der Kutscher dann an. Wir waren in den Hof eines großen, verfallenen Schlosses gefahren, soviel konnte ich erkennen. Aus den hohen schwarzen Fenstern schimmerte kein einziges Licht.

Der Kutscher stieg ab und reichte mir die Hand, um mir beim Aussteigen zu helfen. Wieder fiel mir auf, wie bärenstark dieser Mann war. Seine Hand glich einem Schraubstock und hätte mich mit einem Griff zermalmen können. Er hob meine Koffer herunter und stellte sie neben mich auf den gepflasterten Boden.

Gleich danach schwang er sich wieder auf den Kutschbock, trieb die Pferde an, und im schwachen Mondschimmer sah ich sie davongaloppieren. Die Kalesche rollte fort, durch einen mächtigen schwarzen Torbogen.

Da ich nicht wußte, was tun, blieb ich stehen, wo ich stand. Am Portal war nirgends ein Klopfer oder eine Glocke zu sehen. Zu rufen schien mir sinnlos, denn durch diese dicken Mauern drang keine menschliche Stimme.

Mir kam es vor, als wartete ich dort eine Ewigkeit, und Furcht und böse Ahnungen beschlichen mich wieder. Wohin war ich hier eigentlich geraten, und was für Menschen wohnten hier? Auf was für ein Abenteuer hatte ich mich eingelassen? War dies etwa eine normale Situation für einen jungen, juristischen Angestellten eines Londoner Anwaltsbüros? Aber von dort hatte man mich hierhergeschickt, um über den Ankauf eines Londoner Grundstücks zu verhandeln.

Ja, übrigens juristischer Angestellter, das würde meine geliebte Mina nicht gern hören. „Rechtsanwalt" würde sie sagen. Und tatsächlich hatte ich ja kurz vor meiner Abfahrt aus London noch den Bescheid bekommen, daß ich mein Abschlußexamen bestanden habe und damit ein wohlbestallter Anwalt bin. Und das bedeutet Mina und mir viel, denn jetzt können wir bald an unsere Hochzeit denken.

Als ich noch so in Gedanken dastand, hörte ich plötzlich hinter dem großen Schloßportal schwere Schritte und sah Licht durch die Ritzen schimmern. Dann rasselte eine Kette, ein Riegel quietschte, ein Schlüssel drehte sich im Schloß, und die schwere Tür öffnete sich knarrend . . .

Vor mir stand ein ungewöhnlich großer, älterer Mann mit einem weißen Schnurrbart. Er war von Kopf bis Fuß schwarz gekleidet und hielt in der Hand einen alten silbernen Leuchter, dessen Kerzen in der Zugluft der offenen Tür heftig flackerten.

„Willkommen in meinem Haus", sagte er in ausgezeichnetem Englisch und ergriff meine Hand. Ich zuckte förmlich zurück, denn sie war kalt wie Eis. Es war, als drücke ein Toter mir die Hand. Sein Griff aber war kräftig, und unwillkürlich mußte ich an den festen Händedruck des Kutschers denken. Dabei wurde mir plötzlich bewußt, daß ich das Gesicht des Fuhrmanns nie richtig gesehen hatte. Einen Augenblick lang glaubte ich denselben Mann vor mir zu haben, und um sicherzugehen, fragte ich: „Graf Dracula?"

„Der bin ich", antwortete er mit einer Verbeugung. „Herzlich willkommen, Mr. Harker. Bitte, treten Sie ein. Die Nachtluft ist kühl, und Sie werden sicherlich müde und hungrig sein."

Während er sprach, hatte er den Leuchter abgestellt, und jetzt ging er auf den Hof, um mein Gepäck zu holen.

Als ich protestierte, schnitt er mir entschieden das Wort ab: „Aber ich bitte Sie, Sie sind mein Gast. Es ist schon spät, und meine Dienerschaft ist nicht mehr verfügbar. Darum müssen Sie mir schon gestatten, daß ich für Ihre Bequemlichkeit sorge", sagte er und ging mit den Koffern in der Hand voran. Wir durchquerten eine große Halle und stiegen danach eine steile Treppe empor. Danach folgte ein langer Korridor, auf dessen fliesenbedecktem Boden unsere Schritte dumpf hallten. Am Ende des Ganges öffnete der Graf eine schwere Tür, und wir betraten ein hellerleuchtetes Zimmer, wo ein gedeckter Tisch stand und in einem mächtigen Kamin ein Holzfeuer brannte. Wir gingen auch hier hindurch, der Graf öffnete eine weitere Tür und zeigte mir mein Schlafzimmer.

„Sie werden sich erfrischen wollen", sagte er. „Ich hoffe, Sie finden alles nach Wunsch vor. Ich erwarte Sie hier."

Alles Unbehagen und alle Beklommenheit fielen von mir ab, und plötzlich merkte ich, wie hungrig ich war. Schnell machte ich mich zurecht und eilte ins Nebenzimmer.

Mit einer höflichen Geste sagte der Graf: „Bitte, nehmen Sie Platz und lassen Sie es sich schmecken. Hoffentlich verübeln Sie es mir nicht, wenn ich Ihnen dabei nicht Gesellschaft leiste, aber so spät abends esse ich nie etwas."

Während ich mit großem Appetit aß, nahm mein Gastgeber am Kamin Platz. Nachdem ich fertig war, setzte ich mich zu ihm und zündete die Zigarre an, die er mir angeboten hatte. Zum erstenmal hatte ich Gelegenheit, ihn näher zu betrachten.

Er hatte ein raubvogelartiges Gesicht mit einer schmalen Nase und seltsam geblähten Nüstern. Die Stirn war hoch, das kohlschwarze Haar noch voll, nur an den Schläfen gelichtet. Seine schwarzen Augenbrauen waren dicht und zusammengewachsen, und der Mund unter dem Schnurrbart hart und grausam. Auffallend waren seine blutroten Lippen, zwischen denen seltsam spitze weiße Zähne hervorschimmerten. Im übrigen war sein Gesicht totenblaß.

Als mein Blick auf seine Hände fiel, sah ich mit Befremden, wie grobschlächtig sie waren. Die Nägel an den klobigen Fingern waren lang und spitz zugefeilt, und in der Handfläche wuchsen Haarbüschel, was mich ekelte. Als er sich im Gespräch einmal vorneigte und mich berührte, bekam ich unwillkürlich eine Gänsehaut.

Aber auch sein Atem war mir widerlich. Er streifte mich wie ein Pesthauch, so daß mir fast übel wurde. Obwohl ich meinen Abscheu zu verbergen suchte, hatte der Graf ihn offenbar doch bemerkt, denn er lehnte sich sofort mit hämischem Lächeln zurück, wobei mir wieder seine scharfen Zähne auffielen.

Wir saßen eine Weile schweigend da, und als mein Blick auf das Fenster fiel, merkte ich, daß bereits der Morgen heraufzog. Vom Tal drang Wolfsgeheul zu uns. In den Augen des Grafen glomm es triumphierend auf.

„Da, hören Sie! Das sind die Kinder der Nacht. Was für eine Musik!" Abrupt stand er auf. „Aber Sie werden müde sein. Schlafen Sie morgen, so lange Sie wollen, ich habe ohnehin bis zum späten Nachmittag auswärts zu tun. Gute Nacht, und träumen Sie etwas Schönes!"

7. *Mai* Ich schlief tatsächlich bis in den hellen Tag hinein. Nachdem ich mich gewaschen und nur einen Morgenmantel übergezogen hatte, ging ich ins Nebenzimmer, wo jetzt der Tisch genauso gedeckt stand wie am Abend vorher, nur diesmal mit einem Frühstück. Der Kaffee war auf dem Kamin warmgestellt.

Ich setzte mich und ließ es mir schmecken. Als ich fertig war, suchte ich nach einer Tischglocke, um von einem Diener abräumen zu lassen, aber ich konnte nirgends eine entdecken.

Alles um mich herum vermittelte den Eindruck einstigen großen Reichtums. Das Tafelservice war aus purem Gold, die Vorhänge und Bezüge der Möbel aus kostbarer Seide. Aber alles mußte uralt sein, denn alles war schadhaft. Auch sonst gab es Mängel. So hing in keinem der beiden Zimmer ein Spiegel, nicht einmal über dem Toilettentisch. Um mich rasieren und kämmen zu können, mußte ich meinen Rasierspiegel aus dem Koffer nehmen.

Was mich sehr wunderte, war, daß ich noch keinen Bedienten gesehen, ja nicht einmal irgendwelche Laute oder Geräusche gehört hatte – außer dem Heulen der Wölfe am Abend.

Nach meiner gründlichen Toilette – es war mittlerweile schon fast sechs Uhr abends geworden – suchte ich mir etwas zu lesen und fand auch tatsächlich die Bibliothek mit einer reichen Auswahl englischer Bücher und Zeitschriften.

Während ich darin herumstöberte, öffnete sich plötzlich die Tür, und der Graf trat ein.

„Oh, Mr. Harker, es freut mich, daß Sie meine Bibliothek gefunden haben", sagte er. „Sie werden hier sicherlich manch Interessantes entdecken. Ich bedauere übrigens, daß ich so lange aufgehalten worden bin, hoffe aber, daß Sie es entschuldigen. Ich hatte dringende Geschäfte zu erledigen."

Ich fragte ihn, ob ich die Bibliothek jederzeit betreten dürfe.

„Aber gewiß", antwortete er. „Sie können im Schloß nach Belieben umhergehen und alle Räume betreten. Außer denen freilich, die verschlossen sind. Daß dies so ist, dafür gibt es gute Gründe. Wenn Sie wüßten, was ich weiß, würden Sie es verstehen."

Verwirrt murmelte ich etwas Zustimmendes. Jetzt musterte er mich nachdenklich und wechselte das Thema.

„So, und jetzt berichten Sie mir endlich von dem Haus in London, das Ihre Anwaltsfirma in meinem Auftrag gekauft hat", sagte er.

Ich holte die Unterlagen herbei, und wir vertieften uns in den Grundstücksplan des erworbenen Hauses, das im Londoner Vorort Purfleet liegt. Ich zeigte dem Grafen auch eine Karte von dieser Gegend, die er gründlich studierte. Als ich ihm alles Wissenswerte mitgeteilt hatte, sagte er: „Es freut mich sehr, daß dieses Haus in Purfleet so groß und alt ist. Ich stamme ja aus einem alten Geschlecht und bin die großen Räume hier gewohnt. Niemals könnte ich mich in einem kleinen, modernen Haus wohl fühlen. Übrigens gefällt mir sehr, daß zu diesem Besitz auch eine alte Kapelle gehört. Wir transsylvanischen Edelleute wünschen nicht, daß unsere Gebeine dermaleinst zusammen mit denen gewöhnlicher Sterblicher ruhen. Schließlich bin ich nicht mehr jung und muß an mein Ende denken. Ja, das Schloß hier ist alt und auch verfallen. Überall lauern Schatten, und der Wind pfeift durch die Ritzen und Löcher, aber – ich liebe das alles, und besonders liebe ich Dunkelheit."

Nach einer Weile entschuldigte er sich und ging. Ich sammelte meine Papiere ein und blätterte dann in einem Atlas. Wie von selbst schlug die Seite mit England auf, so als sei gerade diese Karte oft studiert worden. Als ich näher hinsah, entdeckte ich, daß hier und da kleine Kreise eingezeichnet waren, ein Kreis östlich von London, dort, wo Purfleet und sein neuer Besitz lagen.

Es dauerte fast eine Stunde, bis der Graf zurückkam.

„Ah, immer noch über den Büchern! Aber Sie dürfen nicht ständig arbeiten. Kommen Sie, Ihr Dinner ist inzwischen aufgetragen."

Genau wie gestern abend leistete er mir beim Essen nur Gesellschaft. Nach Tisch rauchten wir wieder, und der Graf plauderte über alles mögliche und stellte viele Fragen. Stunde auf Stunde verrann, und es mußte schon spät in der Nacht sein. Mir machte es nichts aus, da ich ja bis Mittag geschlafen hatte.

Plötzlich hörten wir unten im Tal einen Hahn krähen. Unnatürlich schrill drang es bis zu uns herauf. Der Graf schnellte von seinem Sitz.

„Was? Schon wieder Morgen! Ich muß mich wirklich entschuldigen, daß ich Sie so lange aufhalte. Aber unser Gespräch war so interessant, daß mir die Zeit wie im Fluge vergangen ist."

Er empfahl sich höflich, und ich ging in mein Zimmer. Dort zog ich die Vorhänge auf, um einen Blick hinauszuwerfen. Doch da gab es nicht viel zu sehen. Mein Fenster ging auf den leeren Hof. Im Osten wurde der graue Himmel jetzt heller.

8. Mai Dieses Schloß ist schon sehr sonderbar. Im Grunde wünschte ich, ich wäre nie hierhergekommen. Es kann ja sein, daß ich durch die späten Nachtstunden übermüdet bin – aber das allein kann es nicht sein. Wenn nur jemand da wäre, mit dem ich ein Wort reden könnte, dann ließe sich alles leichter ertragen. Aber außer Graf Dracula habe ich noch keine Menschenseele gesehen. Manchmal kommt es mir vor, als sei ich das einzige lebende Wesen im ganzen Schloß. Aber das ist natürlich Unsinn. Ich darf mich nicht solchen Einbildungen hingeben, denn sonst . . .

10. Mai Erwachte heute schon nach wenigen Stunden. Da ich merkte, daß ich doch nicht wieder einschlafen konnte, stand ich auf, befestigte meinen Rasierspiegel am Fenster und fing an, mich zu rasieren, obwohl die Sonne noch nicht aufgegangen war und nur graues Morgenlicht herrschte.

Plötzlich spürte ich eine Hand auf meiner Schulter.

„Guten Morgen." Es war die Stimme des Grafen.

Ich zuckte zusammen, ja ich war völlig überrumpelt, denn ich hatte ihn nicht kommen sehen. Dabei spiegelte sich doch das ganze Zimmer in meinem Rasierspiegel. Vor Schreck rutschte mir das Messer aus.

Ich erwiderte den Morgengruß des Grafen und sah wieder in den Spiegel, um festzustellen, wie es möglich sein konnte, daß ich ihn nicht bemerkt hatte. Jetzt stand er dicht hinter mir – trotzdem zeigte der Spiegel kein Bild von ihm! Das ganze Zimmer hinter mir war zu überblikken – aber außer mir war kein Mensch darin zu sehen!

Erst jetzt merkte ich, daß ich mich geschnitten hatte und ein wenig blutete. Ich legte das Rasiermesser weg und wandte mich um, denn ich wollte mir ein Pflaster holen.

Als der Graf die Wunde sah, glommen seine Augen plötzlich gierig, und er griff nach meiner Kehle.

Entsetzt fuhr ich zurück und berührte dabei unwillkürlich das Kruzifix, das mir die Gastwirtin geschenkt hatte. Die Wirkung war verblüffend. Das dämonische Feuer in den Augen des Grafen erlosch mit einem Schlag, so daß ich schon glaubte, mir das alles eingebildet zu haben.

„Seien Sie vorsichtig", sagte er gleichmütig. „Passen Sie auf, daß Sie sich nicht schneiden. In diesem Lande kann das gefährlicher sein, als Sie glauben."

Plötzlich griff er nach meinem Rasierspiegel und fuhr fort: „Daran ist dieses verfluchte Ding schuld! Eine abscheuliche Erfindung menschlicher Eitelkeit. Fort damit!"

Er riß das große Fenster auf und schleuderte den Spiegel hinaus, den man unten auf dem Pflaster zersplittern hörte. Wortlos verließ er dann das Zimmer.

Im Speisezimmer war wie gewöhnlich der Frühstückstisch gedeckt, und wie gewöhnlich aß ich allein. Mit der Zeit fand ich es immer sonderbarer, daß ich den Grafen nie essen oder trinken sah.

Nach dem Frühstück wanderte ich ziellos im Schloß umher. Durch ein Fenster sah ich, daß es am Rande eines steilen, schwindelerregenden Abgrunds gebaut war. Hätte man einen Stein aus dem Fenster geworfen, wäre er wohl tausend Fuß tief gefallen, ehe er irgendwo aufprallte. Eine gute Weile sah ich gedankenlos in die Ferne, dann setzte ich meinen Rundgang fort. Überall gab es Türen und wieder Türen – aber alle waren verschlossen. Außer den Fenstern gab es nirgends einen Ausgang.

Plötzlich wurde mir schlagartig klar: Ich bin ja in einem Gefängnis!

Jonathans Tagebuch (Fortsetzung)

Das Gefühl, ein Gefangener zu sein, machte mich fast wahnsinnig. Ich raste die Treppen hinauf und hinab, rüttelte an jeder Tür und starrte aus jedem Fenster. Ja, ich benahm mich wie eine Ratte in der Falle. Schließlich überwältigte mich das Gefühl meiner Machtlosigkeit, und ich versank in stumpfe Gleichgültigkeit.

Wie lange ich vor mich hin gebrütet habe, weiß ich nicht, aber plötzlich hörte ich unten das Schloßportal zufallen. Graf Dracula mußte heimgekommen sein. Leise lief ich in mein Zimmer zurück – und ertappte den Grafen dabei, wie er mein Bett machte.

Also war es so, wie ich schon vermutet hatte, es gab im Schloß gar keine Diener! Als ich bald darauf durch einen Türspalt in das Speisezimmer spähte, sah ich ihn auch den Tisch decken. Jetzt schwand auch mein letzter Zweifel dahin – der Graf war auch der Kutscher gewesen, der mich hergefahren hatte!

Diese Gewißheit war schrecklich, denn sofort fiel mir ein, wie er die Wölfe mit einem Wink zum Schweigen und zum Rückzug gebracht hatte. Und warum hatten die Wirtsleute in Bistritz und meine Mitreisenden in der Postkutsche solche Angst um mich gehabt? Warum hatte man mir ein Kruzifix um den Hals gehängt und Talismane und Amulette geschenkt?

Ich muß auskundschaften, was dahintersteckt! Ich muß wissen, was mit diesem Grafen Dracula ist! Vielleicht bringe ich ihn heute abend dazu, etwas über sich zu verraten. Aber ich muß es geschickt und vorsichtig anstellen, um ihn nicht mißtrauisch zu machen . . .

Mitternacht Ich habe ein langes Gespräch mit dem Grafen geführt, aber klüger bin ich dadurch nicht geworden. Er plauderte über alles mögliche, über sein altes Adelsgeschlecht, über London und über die Geschichte seines Landes, verriet aber mit keiner Silbe etwas von sich. Bevor er sich dann verabschiedete, sagte er; „Ich möchte Ihnen einen guten Rat geben, mein junger Freund. Ja, ich muß Sie davor warnen, irgendwo anders im Schloß zu schlafen oder einzunicken als in Ihrem Zimmer. Das Schloß hat eine dunkle Vergangenheit, und man kann hier seltsame Dinge erleben, falls man nicht auf der Hut ist. Sobald Sie müde werden, begeben Sie sich bitte unverzüglich in Ihr Schlafzimmer, denn nur dort können Sie sich wirklich sicher fühlen. Befolgen Sie meinen Rat nicht, dann . . ." Er zuckte nur die Achseln und ging.

Noch später   Nachdem der Graf gegangen war, kehrte ich in mein Zimmer zurück, aber nur, um dort zu warten, bis ich keinen Laut mehr hörte. Dann schlich ich mich die Treppe hinauf zu dem Südfenster mit der schönen Aussicht. Irgendwie gab es mir ein Gefühl von Freiheit, das liebliche Tal unter mir zu sehen, auch wenn ich nicht dort hingelangen konnte. Es war jedenfalls besser, als auf den düsteren, engen Hof hinunterzustarren.

Ständig eingeschlossen, wie ich war, ergriff mich das unwiderstehliche Bedürfnis nach frischer Luft. Obwohl es tiefe Nacht und recht kalt war, öffnete ich das Fenster.

Als ich mich ein wenig hinauslehnte, um die kühle, frische Luft einzuatmen, entdeckte ich plötzlich links unter mir etwas, was sich bewegte. Es war genau dort, wo meiner Berechnung nach das Zimmer des Grafen liegen mußte.

Und dann sah ich, daß das, was sich dort unten bewegte, der Kopf des Grafen war. Sein Gesicht konnte ich von oben natürlich nicht sehen, aber ich erkannte ihn am Nacken und gleich darauf an den Bewegungen seiner Arme. Ja, es waren auch seine Hände! Ich täuschte mich nicht, ich hatte sie ja oft genug betrachtet.

Zuerst war ich nur neugierig und sogar ein wenig belustigt. Einen einsamen, eingesperrten Menschen kann zunächst wohl alles amüsieren.

Bald aber verwandelten sich meine Gefühle in blankes

Entsetzen – der Graf schob sich langsam aus dem Fenster und begann über dem schauerlichen Abgrund an der Schloßmauer hinunterzukriechen! Zuerst traute ich meinen Augen nicht, aber er kroch wahrhaftig *mit dem Kopf nach unten* hinab! Sein Umhang entfaltete sich wie große Flügel. Deutlich sah ich, wie seine Finger mit den langen Nägeln in die Mauerritzen griffen, und schnell wie eine Eidechse huschte er davon.

Was ist denn das für ein Mensch? Ja, ist es überhaupt ein Mensch? Bin ich diesem Wesen ausgeliefert? Bin ich ganz in seiner Gewalt? O Gott, ich habe Angst . . ., furchtbare Angst . . . Und ich sehe keinen Ausweg . . . Ich kann nicht von hier fort!

15. Mai, nachts   Eben sah ich, wie Graf Dracula sich wieder auf diese unnatürliche Weise aus dem Schloß geschlichen hat. Diesmal kletterte er nicht senkrecht, sondern schräg abwärts und verschwand dann plötzlich in einem Fenster oder einer Öffnung.

Jedenfalls hat er das Schloß verlassen. Eine gute Gelegenheit für mich, es näher zu erforschen, als ich es bisher gewagt hatte.

Rasch lief ich in mein Zimmer zurück, holte meine Lampe und untersuchte systematisch alle Türen, eine nach der anderen. Alle waren verschlossen oder verriegelt. Ich lief hin und her, treppauf und treppab, und ganz am Schluß fand ich hoch oben neben einer Wendeltreppe doch eine unverschlossene Tür.

Ich befand mich jetzt in einem Flügel des Schlosses, wo

die Fenster nach Süden und Westen gingen, aber auch von hier aus sah man nur den tiefen Abgrund.

Die Möbel in diesem Zimmer waren bequemer als in den anderen Räumen, und die Atmosphäre hier schien mir irgendwie behaglicher. Freilich lag überall dicker Staub, der selbst bei Mondschein deutlich zu sehen war. Bei dem hellen Licht, das durch die hohen Fenster fiel, war meine Lampe zwar gar nicht nötig, aber ich war doch froh, daß ich sie mitgenommen hatte, denn in der fremden Umgebung kam ich mir besonders einsam und verlassen vor. Ja, meine Nerven waren in schlechtem Zustand. Und doch zog ich dieses Zimmer meinem vor, weil ich hier nicht an den Grafen erinnert wurde.

Ich setzte mich an einen Eichentisch, holte mein Tagebuch hervor, das ich ja ständig bei mir trage, und begann zu schreiben. Beim Schreiben wurde ich allmählich ruhiger und betrachtete meine Lage nüchterner. Ich kann nur hoffen, nicht den Verstand zu verlieren – falls ich ihn nicht schon verloren habe.

Nachdem ich alles sorgfältig notiert hatte, steckte ich Buch und Bleistift wieder in meine Jackentasche. Mittlerweile war ich rechtschaffen müde geworden. Obwohl ich die Warnung des Grafen nicht vergessen hatte, beschloß ich doch, nicht in mein Schlafzimmer zurückzukehren, sondern mir hier ein Nachtlager zu bereiten. Ich zog ein großes Sofa aus einem Winkel und stellte es so, daß ich die schöne Aussicht nach Süden, die Landschaft im Mondschein, genießen konnte.

Kurz darauf muß ich wohl eingeschlafen sein. Jedenfalls hoffe ich es, sicher bin ich leider nicht. Dazu war das, was sich nun abspielte, zu eindringlich, zu wirklich . . .

Ich merkte plötzlich, daß ich nicht mehr allein war. Mir gegenüber im Mondschein standen drei junge Frauen in zarten, fließenden Gewändern. Zunächst glaubte ich zu träumen, denn obwohl sie im Mondlicht standen, warfen sie keinen Schatten, das Licht schimmerte durch ihre Körper hindurch.

Sie näherten sich mir, musterten mich und tuschelten miteinander. Zwei von ihnen waren dunkelhaarig und hatten die gleiche hohe Stirn und Adlernase wie der Graf und auch ebenso schwarze Augen. Die dritte war sehr lieblich, hatte eine Fülle goldener Locken und Augen wie Saphire. Auffallend an allen dreien waren die blendend weißen Zähne, die zwischen ihren vollen roten Lippen schimmerten.

Obwohl diese Mädchen so schön waren, riefen sie in mir zwiespältige Gefühle wach: es verlangte mich nach ihnen, gleichzeitig aber spürte ich etwas wie Grauen. Plötzlich begannen alle drei zu lachen – ein gellendes, böses Lachen, das mich schaudern machte. Dann schüttelte die Blonde, immer noch lachend, den Kopf, die beiden anderen schienen sie zu etwas überreden zu wollen.

„Fang du an!" wisperte die eine. „Du bist die erste, dann kommen wir an die Reihe."

„Er ist so jung und stark", sagte die andere, „daß wir uns alle drei sattküssen können."

Gebannt vor Grauen, aber auch in erwartungsvoller Erregung lag ich still da. Da fiel die Blonde auf die Knie und beugte sich über mich, und ich sah, daß sie sich heißhungrig die Lippen leckte, wie ein Tier. Immer tiefer beugte sie sich herab, und ich spürte ihre zitternde Gier. Da preßte sie auch schon ihre weichen Lippen an meine Kehle, und ich fühlte die Spitzen zweier scharfer Zähne auf meiner Haut.

In seltsam schlaffer Verzückung schloß ich die Augen...

In dieser Sekunde riß mich ein Poltern aus meiner Willenlosigkeit, und ich öffnete die Augen. Der Graf war ins Zimmer gestürzt!

Rasend vor Wut packte er die Blonde beim Nacken und schleuderte sie zur Seite. Seine Augen sprühten vor Zorn, er knirschte erbost mit den Zähnen, und seine bleichen Wangen hatten sich gerötet. Nie zuvor habe ich jemand so außer sich vor Wut gesehen.

Er schlug auf die Blonde ein und scheuchte die beiden anderen mit herrischer Gebärde zurück – genauso hatte er die Wölfe verscheucht!

Jetzt sprach er mit leiser, aber schneidender Stimme: „Wie könnt ihr es wagen, ihn anzurühren? Wie könnt ihr es wagen, begehrliche Blicke auf ihn zu werfen? Habe ich es euch nicht verboten? Macht, daß ihr wegkommt! Dieser Mann gehört mir. Und ihr laßt ihn in Ruhe, oder ihr bekommt meinen Zorn zu spüren!"

„Aber leer gehen wir heute doch nicht aus, nicht wahr?" fragte die eine Dunkelhaarige mit leisem Lachen und deutete auf einen Sack, den der Graf zu Boden geworfen hatte. Darin bewegte sich etwas – etwas Lebendiges.

Der Graf nickte zustimmend, und sofort stürzte die Dunkle hin und öffnete den Sack. Mir war, als hörte ich leises Wimmern, es klang wie das Greinen eines Kindes.

Jetzt drängten sich auch die beiden anderen Mädchen hinzu und starrten voll Gier in den Sack. Das Herz schlug mir wie ein Hammer in der Brust, und ein unbeschreibliches Grauen packte mich. Dann verlor ich das Bewußtsein.

Ich erwachte in meinem Schlafzimmer im Bett. War das Ganze nur ein Alptraum gewesen? Aber wie war ich dann in mein Bett gekommen? Ich wußte genau, daß ich im Flügelzimmer auf dem Sofa eingeschlafen war – also hatte ich nicht geträumt! All dies Entsetzliche war wirklich passiert. Und niemand anders als der Graf konnte mich hierher getragen haben! Und er hatte mich auch ausgezogen. Mein Tagebuch, dachte ich voll Schrecken und stürzte zu meinem Anzug. Gottlob, es steckte noch in der Jackentasche. Also hatte er meine Sachen nicht durchsucht, denn sonst hätte er dieses Buch, das so viele Enthüllungen über ihn enthielt, an sich genommen oder vernichtet.

Wenn ich mich jetzt, da ich wieder darin schreibe, in meinem Zimmer umsehe, kommt es mir geradezu traulich und wie ein Zufluchtsort vor. Hier bin ich wenigstens sicher vor diesen grausigen Geschöpfen, diesen Vampirweibchen, die nur danach gieren, mein Blut zu trinken ...

18. Mai Ich wollte mich doch in das Flügelzimmer zurückwagen, freilich bei Tageslicht, denn ich muß der Wahrheit auf den Grund kommen! Als ich aber vor der bewußten Tür stand, fand ich sie verschlossen. Vorher mußte sie mit Gewalt zugeschleudert worden sein, denn der Türrahmen war stellenweise zersplittert.

Noch ein Beweis dafür, daß das, was in dem Zimmer passiert ist, kein Alptraum war.

19. Mai Es steht schlimm um mich. Gestern abend bat mich der Graf – zwar höflich, aber sehr entschieden –, drei Briefe zu schreiben, Briefe, die *mich* als Absender haben! Einen mit dem Inhalt, daß ich meinen Auftrag in Kürze erledigt hätte und in wenigen Tagen die Heimreise antreten würde. Einen zweiten, worin stand, daß ich tags darauf abreisen würde. Und einen dritten mit der Mitteilung, daß ich das Schloß verlassen hätte und bereits in Bistritz angekommen sei.

Ich hielt es für klug, mich nicht gegen das Diktat zu sträuben, und fragte nur ganz ruhig, wie ich die Briefe datieren solle.

Er dachte einen Augenblick nach und antwortete: „Schreiben Sie auf den ersten Brief 12. Juni, auf den zweiten 19. Juni, und den dritten datieren Sie mit 29. Juni."

Jetzt weiß ich, wie lange ich noch zu leben habe!

31. Mai Als ich heute morgen erwachte, wollte ich mir Briefpapier und Umschläge aus meinem Koffer holen. Ich wollte sie bei mir tragen, um selber nach Hause zu schreiben und eine günstige Gelegenheit abzuwarten, wo ich die Briefe vielleicht doch aus dem Schloß schmuggeln konnte. Der Gedanke war mir gekommen, als ich gestern unten auf dem Hof Zigeuner – die ersten Menschen seit langem! – gesehen hatte, die dort ihr Lager aufschlugen.

Ich wollte sie bestechen, einen Brief zu befördern.

Doch zu meinem Schrecken war kein Bogen Papier mehr im Koffer. Auch alle geschäftlichen Unterlagen, der Fahrplan, meine Vollmacht vom Anwaltsbüro und meine Ausweispapiere waren verschwunden! Alles, was ich zu einer Flucht gebraucht hätte, war fort.

Ich stürzte zum Kleiderschrank – und richtig, auch mein Reiseanzug war weg. Mein Mantel und meine Reisedecke fehlten gleichfalls ...

17. *Juni*   Eine endlose Zeit ist vergangen seit meiner letzten Eintragung. Die Zigeuner sind gleich wieder fortgeritten. Ich war völlig mutlos. Als ich aber heute morgen grübelnd auf der Bettkante saß, hörte ich plötzlich Peitschengeknall und das Trappeln von Pferdehufen. Ich lief zum Fenster und sah, wie zwei große Leiterwagen in den Schloßhof fuhren. Jeder wurde von acht kräftigen Pferden gezogen und von einem Slowaken gelenkt. Daß es Slowaken waren, sah ich an den breitkrempigen Hüten, den schmutzigen Schafspelzen und den hohen Stiefeln.

Ich stürzte zur Tür, um die Treppe hinunterzulaufen und sie in der Halle zu treffen.

Ein neuer Schock! Auch meine Schlafzimmertür war verschlossen, und zwar von außen!

Ich lief ans Fenster und rief zu den Männern hinunter. Sie starrten erstaunt und verständnislos zu mir hinauf. In diesem Augenblick kam der Zigeunerhäuptling aus seinem Wagen gekrochen, er mußte in der Nacht zurückgekehrt sein. Als er die Slowaken auf mein Fenster zeigen sah, sagte er irgend etwas, das sie zum Lachen brachte. Von nun an wandte keiner auch nur den Kopf nach oben, so laut und verzweifelt ich auch schrie. Sie behandelten mich wie Luft.

Die beiden Leiterwagen waren mit großen, langen Kisten beladen, die Handgriffe aus dicken Seilen hatten. Sie waren offenbar leer, denn die beiden Slowaken hoben sie mühelos herunter, stapelten sie dann in einer Hofecke und erhielten von dem Zigeuner Geld. Gleich darauf fuhren sie mit den leeren Wagen wieder davon. Ich hörte das Rumpeln der Räder und das Knallen ihrer Peitschen allmählich in der Ferne verhallen.

24. Juni, nachts Gestern abend beendete der Graf unser allabendliches Gespräch recht früh. Nach einer Weile eilte ich die Wendeltreppe hinauf und spähte aus dem Südfenster.

Meine Absicht war, den Grafen heimlich zu beobachten, denn irgend etwas war im Gange. Eine Schar Zigeuner war ins Schloß gekommen und hatte unten irgendwelche Arbeiten verrichtet. Ich hatte das dumpfe Schlagen von Hacken und Spaten gehört. Was sich da auch anbahnen mag, irgend etwas Schreckliches ist es bestimmt, das spüre ich.

Ich hatte etwa eine halbe Stunde am geöffneten Fenster gestanden, als ich den Grafen wieder aus seinem Zimmer klettern sah – und er trug meinen Reiseanzug! Und er hatte einen Sack bei sich, denselben, den ich bei den Vampirweibchen gesehen hatte.

Das also war sein tückischer Plan! Er wollte die Leute glauben machen, ich, Jonathan Harker, verübte diese schurkischen Verbrechen. Mich würde man für seine Freveltaten zur Rechenschaft ziehen!

Ich beschloß, dort am Fenster auf seine Rückkehr zu warten. Und er ließ lange auf sich warten. Nach einiger Zeit kam es mir vor, als strömten mit dem Mondlicht seltsame Nebelschwaden herein. Wie feine Staubkörner wirbelten sie umher und verdichteten sich. Sonderbarerweise machte mich dieser Anblick sehr müde, und ich lehnte mich in die Fensternische.

Plötzlich schreckte ich auf. Unten aus dem Tal drang, erst noch leise, dann lauter, das klagende Heulen eines Hundes. Gleichzeitig wurden die tanzenden Staubwolken immer dichter, formten sich und nahmen schließlich Gestalt an. O Gott, es waren die drei schönen Scheusale, die Vampirweibchen!

Sie hatten versucht, mich in einen Dämmerzustand zu versetzen, zu betäuben! Mit einem Schrei stürzte ich davon und floh in mein Zimmer.

Nach ein paar Stunden hörte ich unter mir im Schloß einen gellenden Schrei, der so rasch abbrach, als wäre er erstickt worden. Danach herrschte Totenstille, eine so beklemmende, schauerliche Stille, daß es mich kalt überlief. Mit klopfendem Herzen stürzte ich zur Tür und drückte die Klinke nieder. Wieder war die Tür verschlossen, wieder war ich eingesperrt! In meiner Ohnmacht warf ich mich aufs Bett und weinte.

Nach einer Weile hörte ich unten auf dem Hof jemand rufen und schreien. Es war eine Frauenstimme. Ich lief zum Fenster, riß es auf und sah hinaus.

Dort unten stand eine Frau mit wirrem Haar, die die Hände vor der Brust verkrampft hatte wie jemand, der noch atemlos vom Laufen ist.

Als sie mich am Fenster entdeckte, schrie sie gellend: „Ungeheuer! Monster! Gib mir mein Kind zurück!"

Sie warf sich auf die Knie, hob die Hände zu mir empor und rief immer wieder dieselben Worte, mit einer Verzweiflung, die mir das Herz zerriß. Schließlich lief sie zum Schloßportal und schlug wie von Sinnen darauf ein.

Da erscholl plötzlich hoch über mir die Stimme des Grafen. Er mußte auf einem Turm stehen und rief mit harter, befehlender Stimme etwas hinunter. Wie als Antwort erscholl von nah und fern das Heulen von Wölfen. Und es dauerte nur wenige Minuten, da kam ein ganzes Rudel auf den Schloßhof gestürzt.

Von der Frau hörte ich keinen Laut, und das Wolfsgeheul brach jäh ab. Gleich danach strichen die Bestien, sich die Lefzen leckend, in langer Reihe davon.

25. Juni, morgens Nur wer in der Nacht Schlimmes erlebt und Qualen erlitten hat, weiß, wie süß der Morgen sein kann. All meine Furcht schwand dahin wie Nebel vor der Sonne, und ich faßte den Entschluß, meine Lage mit kühlem Kopf zu überdenken.

Es war stets Nacht gewesen, wenn ich bedroht oder angefallen worden war. Nur nachts war ich in Gefahr gewesen und hatte Grausiges erlebt. Und den Grafen habe ich bei Tageslicht noch nie gesehen. Schläft er, wenn alle anderen wach sind, und ist er nur dann wach, wenn die anderen schlafen? Wenn ich nur in sein Zimmer könnte! Aber wie? Die Tür ist ja immer verschlossen.

Halt, eine Möglichkeit gibt es doch, falls ich mich auf diesem Wege hinein wage. Aber warum sollte ich es ihm nicht nachmachen und versuchen, in sein Fenster zu klettern? Die Gefahr ist zwar groß, aber meine Ungewißheit und meine Neugier sind noch größer. Ja, ich wage es!

Am selben Tag, etwas später Ich habe es gewagt, und ich habe es überstanden! Aber es war eine lebensgefährliche Klettertour, bis ich endlich vor dem Zimmer des Grafen angelangt war und mit den Füßen voran durch die offene Fensterluke schlüpfte. Das Zimmer war leer, der Graf war gottlob nicht zu Hause. Die Möbel dort waren genauso alt und staubbedeckt wie die im Südzimmer.

Zuerst sah ich nach, ob der Schlüssel vielleicht im Türschloß steckte, aber leider war es nicht der Fall. Also mußte ich auf demselben Weg wieder zurück.

In einer Ecke des Zimmers entdeckte ich eine schwere Tür. Zu meinem Erstaunen war sie nicht verschlossen. Ich öffnete sie. Vor mir lag eine steil abfallende Treppe.

Vorsichtig tastete ich mich im Dunkeln hinab, nur stellenweise fiel ein Lichtschimmer durch Schießscharten in der dicken Mauer.

Die Treppe mündete in einen dunklen Gang. Ein widerlicher, dumpfer Geruch wie von vermoderter, erst kürzlich aufgegrabener Erde schlug mir entgegen. Je weiter ich in den Tunnel vordrang, desto ekelerregender und beißender wurde dieser Geruch.

Schließlich kam ich an ein altes, offenstehendes Tor und betrat gleich darauf eine verfallene Kapelle, die früher als Begräbnisstätte gedient haben mußte. An zwei Seiten führten Treppen zu einer Gruft. Ich spähte hinunter, und tatsächlich war der Boden hier frisch umgegraben.

Ich nahm all meinen Mut zusammen und stieg in die Gruft hinab. Zwei weitere Gewölbe taten sich auf, ich fand dort aber nur verstaubte und vermoderte Sargbretter. Im dritten aber machte ich eine Entdeckung!

In dem grauen Dämmerlicht sah ich etwa fünfzig Kisten! Staunend ging ich die lange Reihe entlang, und da – in einer der letzten – sah ich zu meinem Entsetzen auf einem Haufen frischer Erde jemand liegen. Es war der Graf! War er tot? Seine offenen Augen starrten ins Leere, waren aber nicht gebrochen oder gläsern wie bei einem Toten. Und trotz der Leichenblässe waren seine Lippen blutrot. Er lag ganz reglos da. In ihm war kein Leben, kein Atemzug, kein Herzschlag.

Trotz meines Grauens dachte ich an den Schlüssel zu meinem Zimmer. Vielleicht trug er ihn bei sich. Ich beugte mich hinunter, um ihn zu durchsuchen. Da aber fiel mein Blick auf seine weit offenen Augen, die plötzlich vor Haß glühten. Ich erschrak zu Tode und stürzte Hals über Kopf davon – ohne Schlüssel.

Mir blieb kein anderer Weg, ich mußte die Schloß-mauer hinaufklettern und zurück zu meinem Fenster. An diese schwindelerregende Kletterei direkt über dem Abgrund wage ich nicht mehr zu denken! Jedenfalls erreichte ich mein Zimmer und warf mich keuchend und erschöpft aufs Bett. Es dauerte eine gute Weile, bis das Zittern meiner Glieder aufhörte und ich Ordnung in meine wirren Gedanken bringen konnte.

29. Juni Heute wird wohl mein letzter Brief abgeschickt. Wieder sah ich den Grafen in meinem Anzug die Mauer hinunterklettern und wünschte mir ein Gewehr, um ihn zu töten. Aber gibt es denn überhaupt eine Waffe, die ihm etwas anhaben kann? Aus Angst vor den drei Vampirmädchen setzte ich mich in die Bibliothek und las, bis ich einnickte.

Der Graf weckte mich. Er sah mich durchdringend an und sagte: „Morgen, mein junger Freund, heißt es abreisen. Sie kehren in Ihr schönes England zurück. Ich freilich habe vor meiner Übersiedlung noch allerlei zu ordnen, und so mag es sein, daß wir uns nie wiedersehen. Ihr letzter Brief ist übrigens – genau wie die anderen – pünktlich abgesandt worden. Obwohl ich morgen leider nicht hier sein kann, ist für Ihre Reise alles vorbereitet. In der Frühe werden die Zigeuner und ein paar Slowaken hier noch einige Arbeiten verrichten. Aber sobald diese Leute fort sind, holt meine Kalesche Sie ab und bringt Sie zum Borgopaß, wo Sie in die Postkutsche umsteigen können, die von der Bukowina nach Bistritz fährt."

Da ich seinen Worten natürlich nicht traute, stellte ich ihn auf die Probe und fragte: „Warum kann ich nicht schon heute abend aufbrechen?"

„Mein Kutscher und meine Pferde sind nicht verfügbar", antwortete er kurz.

„Aber es macht mir nichts aus, zu Fuß zu gehen",

beharrte ich. „Offen gestanden möchte ich am liebsten gleich fort."

Der Graf erhob sich. In überraschend verbindlichem Ton sagte er: „Aber gewiß, lieber Freund, wie Sie wünschen. Gegen Ihren Willen sollen Sie keine Minute länger in meinem Haus bleiben. Ich bedaure es zwar, daß Sie so plötzlich abreisen wollen und daß Sie mir dies erst jetzt mitteilen – aber bitte! Kommen Sie!"

Er nahm die Lampe und ging mit steifer Würde vor mir die Treppe hinab und durch die Halle. Plötzlich blieb er stehen und hob die Hand.

„Da, hören Sie!"

Ganz in der Nähe erklang das Heulen vieler Wölfe. Sie kamen also herbei und begannen mit ihrem Geheul, wenn er die Hand hob, so wie ein großes Orchester auf das Zeichen des Dirigenten einsetzt. Feierlich schritt er auf das Portal zu, das zu meiner Verwunderung nicht verschlossen war.

Der Graf öffnete die schwere Tür, und jetzt war das wilde Wolfsgeheul ganz nah. Ja, die Bestien drängten von draußen auf den Hof, ich sah ihre roten Rachen mit den fletschenden Zähnen. Der Graf öffnete das Portal noch weiter, und jetzt trennte mich nur noch seine hagere Gestalt von den Raubtieren.

Ich begriff, daß er mir dieses Ende zugedacht hatte. Ich sollte den Wölfen vorgeworfen werden.

„Schließen Sie das Tor!" schrie ich ihn an. „Ich will doch bis morgen warten."

Und das schwere Tor fiel dröhnend ins Schloß.

Schweigend kehrten wir in die Bibliothek zurück. Mit

einem kurzen Kopfnicken verabschiedete ich mich von ihm und wandte mich zur Tür, doch da lächelte er mir so teuflisch zu, daß mir das Blut in den Adern gerann.

Als ich zu Bett gehen wollte, hörte ich vor der Tür ein Flüstern. Ich schlich lauschend näher und erkannte die Stimme des Grafen. „Fort mit euch! Noch ist eure Zeit nicht gekommen. Noch gehört er mir. Geduldet euch bis morgen. Dann ist er euer!"

Ich nahm all meinen Mut zusammen und riß die Tür auf. Der Graf war verschwunden. Aber da standen die drei schrecklichen Mädchen und leckten sich die Lippen. Als sie mich sahen, brachen sie in ihr schauriges Lachen aus und huschten davon.

Ich ging zu meinem Bett zurück und fiel dort auf die Knie. Also so sollte ich sterben? Gott im Himmel, hilf mir und all denen, die mich lieb haben!

30. *Juni, morgens* Dies werden wohl die letzten Worte sein, die ich in mein Tagebuch schreibe. Ich schlief bis kurz vor Tagesanbruch, und da hörte ich den ersehnten Hahnenschrei und wußte, daß ich sicher war.

Hastig zog ich mich an und lief in die Halle hinunter. Ich hatte ja gestern gesehen, daß das Tor nicht verschlossen war, und wollte nun fliehen. Mit zitternden Händen schob ich den schweren Riegel zurück. Aber das Portal ließ sich nicht bewegen. Ich rüttelte daran, daß es in den Angeln krachte, aber es nützte nichts. Es mußte gestern abend wieder zugeschlossen worden sein.

Mich packte todesmutige Verzweiflung. Ich mußte den

Portalschlüssel finden, gleichgültig, um welchen Preis. Die einzige Möglichkeit schien mir, noch einmal die Mauer hinunter ins Zimmer des Grafen zu klettern. Vielleicht stürzte ich ja dabei ab, aber besser den Tod als dieses endlose Grauen!

Ohne zu zögern, kletterte ich die Mauer hinab und in das Zimmer. Wie erwartet, war es leer.

Ein Schlüssel aber war nirgends zu finden, so sehr ich auch suchte. Also mußte ich noch einmal hinunter in die Kapelle. Jetzt wußte ich ja, wo sich das Ungeheuer Dracula versteckte.

Der Deckel der großen Kiste war geschlossen, wenn auch nicht zugenagelt. Aber Nägel und Hammer lagen bereit.

Ich wußte, daß mir nichts anderes übrigblieb, als den Grafen zu durchsuchen, denn wahrscheinlich trug er den Schlüssel bei sich. Ich stemmte den Deckel hoch und lehnte ihn gegen die Wand.

Auf den Anblick des schrecklichen Gesichts war ich gefaßt gewesen, aber nicht auf die Veränderung, die ich jetzt wahrnahm. Dracula schien jünger geworden zu sein. Der sonst weiße Schnurrbart und das melierte Haar waren dunkel und voller geworden, die Wangen runder, und selbst die sonst so leichenblasse Haut trug einen rosigen Schimmer. Der Mund leuchtete in einem unheimlich brennenden Rot, und da – von den Mundwinkeln lief eine Spur frischen Blutes zum Kinn hinab! Die glühenden Augen lagen nicht mehr so tief in den Höhlen, ja, das ganze Entsetzen erregende Monstrum schien angefüllt zu sein mit Blut wie ein vollgesogener Blutegel.

Obwohl mir fast übel wurde vor Ekel und Grauen, machte ich mich daran, ihn zu durchsuchen. Ich mußte den Schlüssel finden, sonst war ich verloren!

Doch alles Suchen war vergeblich, er hatte keinen Schlüssel bei sich. Als ich einen letzten Blick auf sein geradezu gedunsen wirkendes Gesicht warf, lag wieder ein satanisches Lächeln um seinen Mund.

Diesmal packte mich eine unbeschreibliche Wut. Diesem Ungeheuer sollte ich dazu verhelfen, nach London zu kommen! Ich stellte mir vor, wie Dracula dort abends im Volksgewimmel der Großstadt umherschlich und überall Opfer fand, um seine Blutgier zu stillen. Nein, ich mußte ihn vernichten!

Ich griff nach einem Spaten, den die Slowaken oder Zigeuner hatten stehenlassen, und holte zu einem tödlichen Schlag mit der scharfen Kante aus – und da drehte er langsam den Kopf und durchbohrte mich mit seinem Basiliskenblick. Das Grauen übermannte mich, der Spaten fiel mir aus der Hand und quer über die Kiste. Als ich ihn wieder an mich nehmen wollte, stieß ich gegen den Deckel. Mit einem Knall fiel er zu und verbarg das grinsende Ungeheuer.

Fieberhaft überlegte ich, was ich jetzt tun sollte. Während ich noch so dastand, hörte ich in der Ferne ein Zigeunerlied. Die Stimmen kamen näher und mischten sich bald mit Räderrollen und Peitschenknallen. Es mußten die Slowaken und Zigeuner sein, von denen der Graf gesprochen hatte.

Ich lief die Treppe hinauf. Gerade als ich das Zimmer betreten wollte, schlug ein heftiger Windstoß mir die

Ecktür genau vor der Nase zu. Ich versuchte sie aufzureißen, aber vergeblich. Von neuem und auf neue Art war ich gefangen! Das Netz des Verderbens zog sich immer enger zusammen.

Während ich auf der Wendeltreppe hocke und dies schreibe, höre ich unter mir Schritte und Poltern. Jetzt fällt mir ein, daß ja zwei Treppen zur Kapelle führten. Ich höre Hammerschläge – die Kisten werden zugenagelt. Jetzt wieder das Trampeln von Füßen, das Schließen des Portals. Quietschend dreht sich der Schlüssel im Schloß und wird herausgezogen.

Und da! Jetzt rollen Räder rumpelnd über das Hofpflaster, Peitschen knallen, Männer rufen. Allmählich verklingt alles in der Ferne.

Ich bin allein im Schloß. Allein mit den blutrünstigen Mädchen, allein! Aber ich muß einen Ausweg finden! Irgendwie muß ich ein Mittel finden, von hier fortzukommen. Fort von diesem schaurigen Platz und nach Hause zu meiner Mina! Fort mit dem ersten besten Wagen oder Zug! Fort von diesem verruchten Ort, wo der Teufel und seine Diener hausen!

Brief von Mina Murray, Jonathans Verlobter, an ihre
Freundin Lucy Westenra

9. Mai

Liebste Lucy!
Verzeih, daß ich Dir so lange nicht geschrieben habe,
aber ich habe in letzter Zeit so viel zu tun gehabt. Neben
meiner Arbeit als Lehrerin lerne ich nämlich Stenogra-
phie, um Jonathan später im Anwaltsbüro zu helfen,
aber auch um Tagebuch zu führen. Dann kann ich ihm
nach seiner Rückkehr aus Transsylvanien alles genau be-
richten, was vorgefallen ist. Gerade heute habe ich von
ihm endlich ein paar kurze Zeilen bekommen. Es geht
ihm gut, und er wird bald heimkommen. Ich freue mich
schon so sehr auf ihn und bin neugierig auf seinen Reise-
bericht. Es muß wunderbar sein, fremde Länder kennen-
zulernen.

Ich erwarte sehnsüchtig den Tag, wo ich zu Dir und
Deiner lieben Mama nach Whitby in Euer schönes Haus
am Meer komme. Dann haben wir Zeit genug zum
Plaudern. Grüße Deine Mutter herzlich und sei umarmt
von

Deiner Mina

Minas Tagebuch

Whitby, 24. Juli   Jetzt bin ich schon ein paar Wochen bei Lucy und beherrsche Stenographie inzwischen so gut, daß ich jetzt mein Tagebuch beginne.

Lucy holte mich vom Bahnhof ab und sah bezaubernder aus denn je. Dann fuhren wir zu dem Landhaus, wo sie mit ihrer Mutter wohnt. Ein reizendes Fleckchen Erde und ein so schönes Haus! Inzwischen hat Lucy mir alles über Arthur Homwood erzählt, den Mann, den sie liebt. Vor einer Woche hat er ihr einen Heiratsantrag gemacht, und sie ist überglücklich. Sie sprach auch viel von einem Doktor Jack Seward, einem jungen Arzt, der sich gleichfalls in sie verliebt hat und sie am liebsten auch heiraten möchte. Lucy behauptet, er passe wunderbar zu mir – wenn ich nicht schon mit Jonathan verlobt wäre! Er soll nicht nur als Arzt sehr tüchtig sein – er leitet eine große Nervenklinik hier in der Nähe –, sondern auch sehr sympathisch. Im übrigen ist er ein guter Freund von Arthur, Lucys Verlobtem.

26. Juli   Meine frohe Stimmung ist verflogen. Im Grunde mache ich mir schon seit längerer Zeit Sorgen, und es tut mir wohl, sie meinem Tagebuch anzuvertrauen.

Ja, ich sorge mich um Jonathan. Ich hatte schon eine Ewigkeit nichts mehr von ihm gehört und war recht bekümmert. Nun kam gestern endlich eine kurze Mitteilung, die erste aus Schloß Dracula. Aber in dem kurzen Brief steht nur, daß Jonathan in den nächsten Tagen abreisen will. Sonst nichts. Das sieht ihm so gar nicht ähnlich, und ich begreife es nicht. Jetzt sorge ich mich eigentlich noch mehr als vorher.

Aber auch Lucys wegen bin ich besorgt. Sie ist zwar gesund, aber so rastlos und sehr nervös. Wahrscheinlich zählt sie jede Stunde, bis ihr Arthur wiederkommt. Aber da ist noch etwas anderes – ich habe bemerkt, daß Lucy schlafwandelt. Auch ihre Mutter weiß davon. Darum habe ich mit der Mutter verabredet, daß ich die Tür von Lucys und meinem gemeinsamen Schlafzimmer abends immer abschließe, damit Lucy nichts zustößt. Arthur ist plötzlich zu seinem Vater gerufen worden, der alte Lord ist schwer erkrankt. Es muß dieses Warten sein, das so an Lucy zehrt. Dabei ist sie schöner denn je.

6. *August* Wieder sind zehn Tage vergangen, und keine Nachricht von Jonathan. Diese Ungewißheit ist unerträglich. Wenn ich nur wüßte, wohin ich schreiben oder wo ich etwas erfahren könnte! Auch in der Anwaltsfirma hat man keine Nachricht von ihm.

Lucy kommt mir verändert vor, sie ist plötzlich so verschlossen und irgendwie auf der Hut. Manchmal habe ich sogar das Gefühl, sie belauert mich, ob ich schon eingeschlafen bin. Nachts steht sie auf und faßt an die Klinke. Merkt sie, daß die Tür verschlossen ist, sucht sie nach dem Schlüssel.

Gestern abend sah der Himmel plötzlich sehr bedrohlich aus, und die Fischer hier prophezeiten Sturm. Auf einem Spaziergang traf ich den Küstenwart mit seinem Fernrohr unter dem Arm. Wie immer blieb er stehen, um mit mir ein wenig zu plaudern, sah aber dabei ständig aufs Meer hinaus, wo ein fremdes Schiff aufgetaucht war.

„Dies Schiff da beobachte ich schon seit einer halben Stunde", sagte er, „aber ich werde nicht klug daraus. Es muß ein russisches Schiff sein. Aber irgend etwas stimmt da nicht. Es kreuzt hin und her, hält keinen Kurs. Da sehen Sie selbst, Miß! Das Ruder scheint nicht zu funktionieren. Der Kahn dreht sich bei jedem Windstoß. Na, abwarten, morgen wissen wir mehr darüber."

8. *August*   Die folgende Nachricht habe ich heute in der Zeitung gelesen. Ich finde sie so bemerkenswert, ja aufregend, daß ich sie hier einklebe.

Von unserem Berichterstatter in Whitby. Gestern wütete hier eines der heftigsten Unwetter seit Menschengedenken. Kurz vor zehn Uhr abends wurde es plötzlich unnatürlich still und drückend. Diese Stille dauerte etwa zwei Stunden. Um Mitternacht drang dann vom Meer her ein seltsames hohles Brausen herüber, und mit einem Male brach der Sturm los. Die ganze Natur geriet in wilden Aufruhr, hohe Wogen wuchsen empor und rollten über die Klippen, der Sturm hatte eine derartige Gewalt, daß sich selbst kräftige Männer kaum auf den Beinen halten konnten. Bald wallten von See her dichte Nebelschwaden an Land, die von grellen, pausenlos niederzuckenden Blitzen erhellt wurden, denen dröhnende Donnerschläge folgten.

Zum Glück stand auf der Spitze der Ostklippe der neue Leuchtturm aktionsbereit, sonst wäre wohl so manches Fischerboot an den Klippen zerschellt. Nach einer Weile entdeckte der Scheinwerfer draußen auf See einen Schoner mit voll gehißten Segeln. Offenbar handelte es sich um dasselbe Schiff, das man bereits seit Tagen beobachtet hatte. Zwischen dem Schoner und dem Hafen lag das lange, flache Riff, wo schon so manches Schiff gestrandet ist. Bei der Richtung des Sturms war es undenkbar, daß es dem Schiff gelingen konnte, in die Hafenmündung zu fahren.

Jedermann erwartete das Eintreffen einer Katastrophe und starrte gebannt hinaus. Plötzlich aber schlug der Wind um, die Nebelfetzen trieben davon, und mit ungläubigem Staunen sahen alle, daß das fremde Schiff in voller Fahrt zwischen den Piers dahinschoß.

Dann lief der Schoner auf, wobei jede Spiere, jedes Tau und jedes Stag bis zum Zerreißen gespannt war und einiges zu Bruch ging. Das seltsamste aber war, daß genau in dem Augenblick, als der Schoner strandete, ein riesiger grauer Hund von Deck sprang. Er raste geradewegs auf die Steilklippe zu, wo oben der Friedhof liegt, und verschwand dort im Dunkeln.

Als Korrespondent erhielt ich die Erlaubnis, mit dem Küstenwart an Bord zu gehen. Dort bot sich uns ein grauenvoller Anblick. Am Ruder stand ein toter Seemann, seine gekreuzten Hände waren an den Speichen festgebunden, und zwar mit einer Kette, an der ein Kruzifix hing.

Ein herbeigerufener Arzt stellte fest, daß der Mann schon seit zwei Tagen tot sein mußte. Die Polizei erschien und untersuchte das ganze Schiff, aber von der übrigen Besatzung war nirgends auch nur eine Spur zu finden.

Zeitungsausschnitt vom 9. August Das nächtliche Geschehen um den gestern gestrandeten Schoner wird immer rätselvoller. Fest steht nur, daß dieses gespenstische Schiff russischen Ursprungs und aus Varna gekommen ist. Höchst befremdend ist die Ladung, sie besteht nur aus Sandballast und vielen großen, mit Erde gefüllten Kisten. Der Empfänger dieser seltsamen Fracht ist ein Rechtsanwalt in Whitby, der heute morgen an Bord gekommen ist, um sich des Frachtgutes anzunehmen.

Freundlicherweise gestattete man mir, das Logbuch einzusehen. Bis auf die letzten drei Tage sind alle Eintragungen korrekt, abgesehen von vagen Angaben darüber, daß ein paar Männer unter geheimnisvollen Umständen von Bord verschwunden seien. Dann folgten wirre Berichte über spukhafte und grausige Dinge, die an Bord offenbar Panik ausgelöst hatten und in irgendeinem Zusammenhang mit den schweren Kisten zu stehen scheinen. Schließlich war der Kapitän nur noch allein an Bord. Alles ist höchst mysteriös und wird von der Polizei natürlich gründlich untersucht werden.

Minas Tagebuch (Fortsetzung)

10. August Dieses Gewitter war furchtbar, und Lucy war die ganze Nacht sehr unruhig. Trotz des Unwetters erwachte sie jedoch nicht, stand aber zweimal schlafwandelnd auf und zog sich an. Zum Glück merkte ich es beide Male, und es gelang mir, sie wieder auszuziehen und ins Bett zurückzubringen, ohne sie dabei zu wecken.

Ich bin nach wie vor sehr besorgt wegen Jonathan, auch wenn ich froh sein muß, daß er in dieser schrecklichen Nacht nicht auf See war. Aber was weiß ich denn überhaupt? Kommt er den Land- oder den Seeweg? Und wo ist er, und wie geht es ihm? Ich habe große Angst um ihn . . .

11. August, drei Uhr nachts Da ich sowieso nicht schlafen kann, schreibe ich in meinem Tagebuch. Ich habe ein so aufregendes und erschreckendes Erlebnis gehabt, daß ich immer noch zittere.

Weil ich müde war, ging ich recht früh schlafen, erwachte dann aber plötzlich. Ich hatte das bestimmte Gefühl, allein im Zimmer zu sein. Sofort schlich ich zu Lucys

Bett und tastete nach ihr. Aber das Bett war leer!

In aller Hast warf ich mir ein großes Tuch über und stürzte aus dem Haus. Suchend lief ich bis zum Hafen hinunter. Voll Angst spähte ich von dort zur steilen Ostklippe, wo ja der alte Friedhof liegt, zu dem Lucy und ich so gern spazierengehen. Von dort oben hat man eine so wunderbare Aussicht!

Jetzt war Vollmond, aber dunkle Wolken trieben über den Himmel, so daß zeitweise alles in Finsternis getaucht wurde. Plötzlich aber brach das Mondlicht durch, und die Kirchenruine mit dem Friedhof war deutlich zu erkennen.

Ich sah sogar unser Lieblingsplätzchen, die Bank. Darauf saß zurückgelehnt eine weiße Gestalt. Voll banger Ahnung lief ich hinauf, ja, ich flog förmlich die endlose Treppe zur Kirche empor. Als ich oben angelangt war, sah ich zu meinem Entsetzen, wie sich etwas Großes, Dunkles über die halb liegende Gestalt beugte.

„Lucy!" schrie ich außer mir. „Lucy!"

Die große, verhüllte Gestalt hob den Kopf – ein bleiches Gesicht mit glühenden Augen wandte sich mir zu. Und Lucy antwortete mir nicht! Ich rannte zur Friedhofspforte, um zu ihr zu gelangen, und dabei verlor ich sie einen Augenblick aus den Augen.

Als ich dann endlich bei ihr war, war sie allein. Nirgends war ein lebendes Wesen zu sehen. Lucy lag jetzt auf der Bank, den Kopf auf die Lehne gestützt.

Als ich mich über sie beugte, sah ich, daß sie schlief. Ihr Mund stand offen, und sie atmete keuchend und stoßweise, so, als ringe sie nach Luft. Obwohl sie fest schlief, hob sie ihre Hand und zog den Kragen ihres

Nachthemds zusammen, wie man es unwillkürlich tut, wenn man friert.

Ich nahm mein warmes Tuch ab, warf es ihr über und befestigte es am Hals mit einer großen Sicherheitsnadel. Irgendwie muß ich mich dabei so ungeschickt angestellt haben, daß ich Lucy versehentlich stach, denn wieder faßte sie sich an die Kehle, diesmal mit einem leisen Wimmern.

Erst jetzt versuchte ich, sie behutsam zu wecken. Es gelang mir aber nicht. Da sie weiter wimmerte und schließlich stöhnte, schüttelte ich sie erst sachte und dann heftiger. Endlich zuckte sie zusammen, schlug die Augen auf und klammerte sich sofort an mich. Als ich sie aufforderte, mit mir heimzugehen, folgte sie mir wie ein braves Kind. Zum Glück gelangten wir ins Haus, ohne jemand zu begegnen. Bislang hatte Lucy kein Wort gesprochen, und erst, als wir wieder zu Bett gingen, flehte sie mich plötzlich an, keinem Menschen ein Sterbenswörtchen von diesem nächtlichen Abenteuer zu verraten, vor allem nicht ihrer Mutter, die sich darüber allzusehr aufregen würde. Selbstverständlich versprach ich es ihr.

Am selben Tag, mittags Alles ist gutgegangen. Lucy schlief fest und lange. Erstaunlicherweise scheint ihr dieser nächtliche Ausflug nicht geschadet zu haben, ja, sie sieht blühender aus denn je! Zu meinem Kummer entdeckte ich, daß ich sie mit der Sicherheitsnadel verletzt hatte, denn an ihrem Hals sind zwei Einstiche zu sehen, richtige kleine Wunden, und auf dem Kragen ihres Nachthemds waren sogar ein paar Blutstropfen. Ich tröstete mich damit, daß die Wunden bald verheilen werden.

Am selben Tag, abends Wir haben einen schönen Tag bei herrlichem Wetter verbracht, und ich wäre rundherum glücklich, wenn ich nur etwas von Jonathan hörte. Auch Lucy war heiter und ausgeglichen und ist früh zu Bett gegangen. Ich werde die Tür nicht nur verschließen, sondern mir den Schlüssel um das Handgelenk binden – man kann nie wissen.

12. August Wider Erwarten ist es doch eine unruhige Nacht geworden, denn ich wurde zweimal durch Lucy geweckt, die an der Tür rüttelte. Obwohl sie schlafwandelte, schien sie böse darüber zu sein, daß die Tür verschlossen war, und ging nur widerstrebend und verärgert ins Bett zurück.

Als ich dann in der Frühe durch Vogelgezwitscher geweckt wurde, schlug auch Lucy mit einem strahlenden Lächeln die Augen auf. Dann kroch sie vergnügt zu mir ins Bett, schmiegte sich an mich und erzählte mir von ihrem geliebten Arthur, den sie so sehnsüchtig zurückerwartet. Als ich ihr meine Sorge um Jonathan gestand, tröstete sie mich mit liebevollen Worten.

13. August Wieder mit dem Schlüssel am Handgelenk zu Bett und wieder Störung durch Lucy. Heute nacht saß sie aufrecht im Bett und zeigte mit ausgestreckter Hand auf das Fenster.

Um sie nicht zu wecken, stand ich leise auf, schlich ans Fenster und schob die Vorhänge beiseite. Es war eine schöne Nacht mit klarem Mondschein. Aber vor der Scheibe flatterte eine große Fledermaus, die in wirbelnden Kreisen immer wieder auf das Fenster zugeschossen kam. Ich fand das sehr unheimlich, aber gottlob flog sie schließlich über den Hafen hinweg zur Friedhofskapelle. Lucy hatte sich inzwischen wieder hingelegt und schlief ganz friedlich. Sie rührte sich auch die ganze Nacht nicht mehr.

14. *August* Saß bei schönem Wetter lange auf der Ostklippe und las und schrieb. Auch Lucy, die dieses Fleckchen ebenfalls sehr liebt, kam herauf, und wir verbrachten dort ein paar Stunden gemeinsam. Auf dem Heimweg aber machte sie eine seltsame Bemerkung. Wir waren an der Treppe angelangt und blieben dort wie gewöhnlich stehen, um die Aussicht zu bewundern. Die Sonne ging gerade blutrot unter und spiegelte sich in der See, da murmelte Lucy: „Da! Guck mal, zwei rote Augen! Seine Augen! Genau wie beim letztenmal."

Verblüfft starrte ich sie an. Auf ihrem Gesicht lag ein eigentümlicher Ausdruck, und sie stand wie in Trance, wie im Halbschlaf, da. Dachte sie gar an diese schreckliche Nacht, als sie hier mutterseelenallein hinaufgeklettert war? Ich hatte das Ganze ihr gegenüber nie erwähnt, sagte auch jetzt nichts, und wir gingen schweigend nach Hause.

Gleich nach dem Abendessen erklärte Lucy, sie habe Kopfschmerzen, und zog sich zurück. Als ich mich ein Weilchen später davon überzeugt hatte, daß sie eingeschlafen war, machte ich noch einen kleinen Spaziergang in der schönen Abendluft. Als ich etwa eine Stunde später heimkam und einen Blick zu unserem Fenster hinaufwarf, sah ich dort im hellen Mondschein Lucy stehen, die sich weit hinauslehnte. Weil ich glaubte, sie hielte nach mir Ausschau, winkte ich ihr fröhlich zu, aber sie bemerkte mich gar nicht. Vor dem Haus angelangt, sah ich, daß Lucy den Kopf an den Fensterrahmen gelehnt hatte und offensichtlich tief schlief. Neben ihr auf dem Fensterbrett hockte etwas Dunkles, das aussah wie ein großer Vogel. Mich packte eine schreckliche Angst, sie könnte hinausfallen, und ich stürzte ins Haus und die Treppe hinauf. Als ich das Zimmer betrat, ging sie gerade zu ihrem Bett zurück. Sie atmete zwar keuchend, war aber im tiefsten Schlaf. Mit der Hand hielt sie ihren Hals umklammert, so als habe sie Schmerzen.

Als sie lag, deckte ich sie zu, schloß das Fenster und verriegelte die Tür. Lucy sah erschreckend blaß aus, irgendwie abgezehrt. Ich mache mir wirklich Sorgen um sie.

15. August Stand später auf als sonst, und auch Lucy war erschöpft und müde und wollte noch weiterschlafen. Als wir später alle beim Lunch saßen, gab es eine frohe Überraschung: ein Brief von Arthur. Er schrieb, daß es seinem Vater jetzt bessergehe, und darum könne die Hochzeit bald stattfinden. Lucy strahlte, und auch ihre Mutter freute sich sehr, dennoch schien es mir eine wehmütige Freude zu sein. Später vertraute sie mir an, daß ihre Tage gezählt seien. Deshalb sei sie besonders froh, Lucy – die aber nichts von diesem Gespräch erfahren dürfe – bald in Arthurs Obhut zu wissen. Die Ärzte hatten ihr vor kurzem eröffnet, ihr Herz sei so schwach, daß sie vielleicht nur noch wenige Monate zu leben habe, eine plötzliche Aufregung aber könne ihren sofortigen Tod bedeuten.

17. August Zwei Tage lang habe ich kein Wort in mein Tagebuch geschrieben, ich war zu verzagt. Noch immer kein Lebenszeichen von Jonathan, und Lucy ist erschreckend schwach und elend geworden.

Mir ist ganz unverständlich, warum Lucy so dahinsiecht, denn sie ißt mit gutem Appetit, schläft viel und ist oft draußen in der frischen Luft. Und doch wird sie zusehends blasser und matter. Nachts höre ich sie manchmal röcheln, als ersticke sie.

Den Schlüssel zu unserer Tür trage ich nachts immer am Handgelenk, denn immer wieder ertappe ich Lucy dabei, daß sie aufsteht, an der Tür rüttelt oder sich ans offene Fenster setzt. Heute nacht fand ich sie wieder dort und sah zu meinem Schrecken, daß sie ohnmächtig geworden war. Als es mir endlich gelungen war, sie wieder ins Leben zurückzurufen, weinte sie verzweifelt. Auf meine Frage, warum sie denn immer ans Fenster gehe, schüttelte sie nur den Kopf und wandte sich ab.

Als ich sie ins Bett brachte, bemerkte ich zufällig, daß die beiden kleinen Wunden, die ich ihr mit der Sicherheitsnadel beigebracht habe, noch immer nicht verheilt sind. Mir kam es sogar vor, als seien sie größer geworden. Wenn sie in den nächsten Tagen nicht zuheilen, hole ich doch einen Arzt. Es ist wohl ohnehin nötig, denn Lucys Zustand ist besorgniserregend.

Schreiben der Anwaltskanzlei Billington & Sohn, Whitby, an die Speditionsfirma Carter & Co., London

17. August

Sehr geehrte Herren!
Anbei senden wir Ihnen den Frachtbrief über einen Gütertransport, der per Bahn abgeschickt wurde. Die betreffende Fracht ist unmittelbar nach Ankunft in ein Haus in Purfleet (siehe beiliegende Skizze) abzuliefern. Da das Gebäude zur Zeit leer steht, fügen wir den Hausschlüssel bei.

Wir bitten Sie, die aus fünfzig großen Kisten bestehende Fracht in dem mit A bezeichneten Flügel des Gebäudes abzustellen. Nach Ausführung des Auftrags hinterlegen Sie den Schlüssel bitte in der Eingangshalle, so daß der Besitzer, der einen Zweitschlüssel hat, ihn dort bei seiner Ankunft vorfindet.

Mit der Bitte um schnellste Erledigung des Auftrages

grüßen wir
hochachtungsvoll
Billington & Sohn

Minas Tagebuch

18. August   Ich sitze auf der Friedhofsbank und schreibe. Lucy geht es ein wenig besser, und sie schlief heute nacht gut, ohne mich zu stören. Aber sie ist immer noch blaß und elend, wahrscheinlich leidet sie an Blutarmut.

Zu meiner Überraschung fing sie plötzlich unaufgefordert an, von dieser schrecklichen Nacht zu sprechen, als ich sie hier auf dieser Bank gefunden hatte. Mir kam es vor, als versuche sie sich über das Geschehen klarzuwerden.

„Ich habe bestimmt nicht geträumt", sagte sie grübelnd. „Alles war so wirklich, und das seltsamste ist, daß es mich förmlich hierhergezogen hat – warum, das weiß ich nicht. Gleichzeitig spürte ich eine unbestimmte Furcht – wovor, das weiß ich auch nicht. Jedenfalls erinnere ich mich ganz deutlich daran, wie ich durch die Straßen und über die Brücke gegangen bin. Ich weiß auch noch, daß ich auf der Brücke stehenblieb und plötzlich eine Meute Hunde kläffen hörte. Dann ist alles zu verschwommen, und ich weiß nur noch, daß plötzlich ein großer, dunkler Mann mit glühenden Augen auftauchte. Dann hatte ich das Gefühl zu versinken, so wie in ein tiefes Wasser. In meinen Ohren sauste es, und das soll ja auch so sein, wenn man untergeht. Mehr weiß ich nicht, denn als ich aufwachte, standest du vor mir und schütteltest mich."

19. August   Oh, ich bin so froh! Und doch auch so betrübt! Ich habe Nachricht von Jonathan! Aber er ist krank, und deshalb hat er nicht schreiben können. Das Anwaltsbüro hat mir den Brief übermittelt, und schon morgen werde ich zu meinem geliebten Jonathan fahren, um ihn in der Fremde, in Budapest, gesund zu pflegen und ihn dann nach Hause zu bringen. Aus vielen Gründen wird es das beste sein, wenn wir uns dort in aller Stille trauen lassen, andernfalls gibt es viele Schwierigkeiten. Meine Koffer sind schon gepackt. Bald sehe ich ihn wieder!

Brief von Schwester Agatha an Miß Mina Murray

Budapest, den 12. August
Sehr geehrte Miß Mina!
Ich schreibe Ihnen im Auftrage von Herrn Jonathan Harker, der seit sechs Wochen hier bei uns im Krankenhaus liegt, aber nach seiner bösen Gehirnhautentzündung noch außerstande ist, Ihnen eigenhändig zu schreiben. Er bittet mich, Ihnen die herzlichsten Grüße zu sagen und auch, daß er seinen Auftrag in Transsylvanien erledigt habe. Leider braucht er noch ein paar Wochen Erholung, ehe er zu Ihnen heimkehren kann.
Mit warmen Segenswünschen

Schwester Agatha

PS. Da mein Patient jetzt schläft, füge ich noch ein paar Worte hinzu. Ich wage dies, da er so viel von Ihnen ge-

sprochen hat, und ich weiß, wie nahe Sie ihm stehen.

Nach Aussage des Arztes hat Ihr Verlobter einen furchtbaren Schock erlitten, welcher Art ist unklar. Jedenfalls phantasierte er von schaurigen Dingen, wie Wölfen, Blut und Dämonen. Ich schreibe Ihnen dies vor allem deshalb, damit Sie nach seiner Heimkehr jegliche Andeutungen in dieser Richtung vermeiden. Überhaupt muß ihm jede Aufregung erspart bleiben, denn sonst könnte es einen bösen Rückfall geben. Natürlich hätten wir Ihnen gern früher geschrieben, hatten aber keine Adresse, ja, wir wußten nicht einmal, wer unser Patient ist. Wir wissen nur, daß er hilferufend in Klausenburg auf den Bahnhof gestürzt kam, wissen aber nichts darüber, wie er dort hingekommen ist. Dann haben ihn freundliche Menschen nach Budapest in unser Krankenhaus gebracht. Erst seit kurzem ist unser lieber Patient wieder bei Bewußtsein und konnte uns seinen Namen und Ihre Adresse nennen.

Brief von Arthur Homwood an seinen Freund Dr. Jack Seward

31. August

Lieber Jack!
Ich möchte Dich um einen Gefallen bitten, und zwar brauche ich Deine Hilfe als Arzt. Lucy ist krank, aber was ihr fehlt, weiß ich nicht, doch Du wirst es feststellen können. Jedenfalls ist sie furchtbar elend und wird von Tag zu Tag schwächer. Du weißt, wie krank ihre Mutter ist, und auch das bereitet mir Sorge, denn in ihrem

jetzigen Zustand darf Lucy nichts davon erfahren.

Ich habe ihr gesagt, daß Du sie in Deiner Eigenschaft als Arzt besuchen wirst. Anfangs machte sie Einwände – wahrscheinlich, weil wir alle so nah befreundet sind und sie in Dir nicht den Arzt sieht.

Wenn es Dir irgend möglich ist, komme doch bitte schon morgen um zwei Uhr. Ich bin wirklich in großer Sorge. Um so mehr, als ich heute wieder zu meinem Vater fahren muß, der einen Rückfall erlitten hat. Schreibe mir bitte gleich über Lucy!

Dein Arthur

Brief von Jack an Arthur

2. September

Lieber Freund!
Leider kann ich bei Lucy keine klare Diagnose stellen. Fest steht nur, daß sie nicht an einer bekannten Krankheit leidet, aber fest steht auch, daß ihr Aussehen Anlaß zu Besorgnis gibt. Seit ich sie zum letztenmal gesehen habe, ist sie sehr verändert. Unter diesen Umständen habe ich meinen alten verehrten Lehrer, Professor van Helsing in Amsterdam, hierher gebeten und hoffe, daß du damit einverstanden bist. Er ist der große Fachgelehrte, der mehr über schleichende, schwer durchschaubare Erkrankungen weiß als sonst jemand. Sobald er hier gewesen ist, gebe ich Dir Nachricht

Immer Dein Freund Jack

5. September

Lieber Arthur!

Professor van Helsing ist hier gewesen und hat Lucy untersucht. Lucy hatte es so einrichten können, daß ihre Mutter für ein paar Tage bei einer Freundin zu Besuch ist. Über das Ergebnis seiner Untersuchung hat mir der Professor leider noch nichts gesagt, da er das Ganze erst noch gründlich überdenken will. Aber auch er ist besorgt. Mehr kann ich Dir heute nicht schreiben, aber Du kannst darauf vertrauen, daß ich mich während Deiner Abwesenheit um Lucy kümmern und alles für sie tun werde. Falls Dein Kommen erforderlich sein sollte, telegrafiere ich Dir. Mit guten Besserungswünschen für Deinen Vater grüßt Dich

Dein Jack

Jacks Tagebuch

7. September Lucys Zustand hat sich in diesen drei Tagen so rapide verschlechtert, daß ich gestern an Arthur und an Professor van Helsing telegrafiert habe. Letzterer war zum Glück noch in England und ist auch sofort gekommen. Wir beide waren tief erschrocken über Lucys Zustand. Sie hat überhaupt keine Farbe mehr im Gesicht, selbst Lippen und Zahnfleisch sind weiß. Die Backenknochen treten hervor, und sie atmet nur mühsam, konnte auch nicht sprechen. Der Professor winkte mich bald ins

Nebenzimmer und sagte da: „O mein Gott! Sie ist in Lebensgefahr. Das bißchen Blut, das sie noch hat, hält das Herz nicht mehr in Gang. Wir müssen sofort eine Bluttransfusion vornehmen."

In diesem Augenblick hörten wir unten in der Halle Arthurs Stimme. Gleich darauf kam er zu uns ins Zimmer gestürzt.

„Wie geht es Lucy?" fragte er aufgeregt, begrüßte dann den Professor und dankte ihm, daß er gekommen war.

„Sie sind im rechten Augenblick gekommen", sagte der Professor ernst. „Sie sind also Arthur, der Verlobte der kranken jungen Dame. Ich kann Ihnen nicht verhehlen, daß ihr Zustand sehr, sehr ernst ist. Aber Sie können ihr helfen."

„Ich?" fragte Arthur mit heiserer Stimme. „Sagen Sie mir, wie, Herr Professor! Ich bin zu allem bereit. Mein Leben gehört ihr. Ich würde meinen letzten Blutstropfen für sie hergeben."

„Das, junger Mann, ist nicht nötig", antwortete der Professor mit einem Lächeln. „Aber Blut braucht sie wirklich, sonst muß sie sterben. Ihr Freund Jack und ich haben beschlossen, eine Blutübertragung vorzunehmen, und Sie dürfen gern der Spender sein."

Der Professor nahm mich mit in Lucys Zimmer, erlaubte aber nicht, daß Arthur uns begleitete. Lucy wandte uns den Kopf zu und sah uns stumm an.

Der Professor holte die Instrumente aus seiner Tasche und ordnete alles auf einem Tisch, den Lucy aber nicht sehen konnte. Dann mischte er ihr einen Schlaftrunk, den ich ihr nur mit Mühe einflößen konnte.

Kaum war sie eingeschlafen, bat mich der Professor, Arthur zu holen, und die Transfusion begann. Bald färbten sich Lucys Wangen ein wenig rosa. Arthur leuchtete die Freude darüber, daß er Lucy hatte helfen können, aus den Augen.

Jetzt bewegte sich Lucy, und dabei verrutschte an ihrem Hals das schwarze Samtband mit der Diamantenspange, ein Geschenk von Arthur. An ihrem Hals waren zwei kleine rote Wundmale zu sehen. Arthur hatte nichts davon bemerkt, aber ich sah, daß van Helsing erschrak. Gleich darauf schickte er Arthur aus dem Zimmer.

Ich begleitete ihn hinaus, und als ich zurückkam, saß der Professor auf der Bettkante und beobachtete seine Patientin mit gespannter Aufmerksamkeit. Sie atmete jetzt tief und ruhig, das Samtband verdeckte wieder die roten Male. Flüsternd fragte ich den Professor: „Was hat sie da eigentlich am Hals?"

„Ja, was glauben Sie, was das ist?"

„Ich habe die Wunden nur ganz flüchtig gesehen", antwortete ich und schob das Band behutsam nach oben.

Genau über der Schlagader befanden sich zwei winzige Wunden. Sofort kam mir der Gedanke, daß hier die Erklärung für ihren großen Blutverlust liegen könnte. Aber wie hätte das möglich sein sollen? Dann hätte ja ihr ganzes Bett blutgetränkt sein müssen. Außerdem waren die Wunden nur winzig klein.

„Ich verstehe das nicht", gestand ich. Der Professor erhob sich.

„Ja, mein lieber Freund, ich ahne die Ursache, aber leider muß ich noch heute zurück nach Amsterdam, und mir bleibt keine Zeit für ein Gespräch. Eins ist wichtig: Lucy darf keine Sekunde allein bleiben. Sie müssen die ganze Nacht bei ihr wachen! Ich verlasse mich darauf, Jack, Sie allein tragen die Verantwortung für sie."

9. September Ich habe beide Nächte bei Lucy gewacht, der es zusehends besser geht. Heute aber mußte ich ins Krankenhaus, um mich um meine Arbeit zu kümmern, und habe Lucys Pflege einer Hausangestellten übertragen. Arthur und van Helsing habe ich durch Telegramme von Lucys Besserung unterrichtet.

Schon mittags erhielt ich ein Antworttelegramm aus Amsterdam, worin mich der Professor bat, auch heute nacht noch unbedingt bei Lucy zu wachen. Gleichzeitig teilte er mit, daß er die Nachtfähre nach England nehme und morgen vormittag in Whitby eintreffen werde.

Also fuhr ich abends wieder nach Hillingham, dem Landhaus, hinaus, wo ich Lucy außer Bett und in geradezu strahlender Laune antraf. Sie bedankte sich bei mir für die aufopfernde Pflege und sagte dann: „Aber heute nacht erlaube ich nicht, daß Sie bei mir wachen. Sie sind ja völlig erschöpft, ich sehe es Ihnen an, Jack. Und Sie sehen, daß ich völlig gesund bin und daß es überhaupt keinen Grund gibt, bei mir zu wachen."

Nach dem Abendessen – Lucys Mutter war immer noch bei ihrer Freundin – zeigte mir Lucy ein Zimmer, das neben ihrem lag. Im offenen Kamin brannte ein gemütliches Feuer.

„Hier werden Sie heute nacht schlafen", sagte sie mit

großer Bestimmtheit. „Sie können ja die Tür zu meinem Zimmer offenlassen für den Fall, daß ich Sie brauche oder einen Wunsch habe."

Ich gehorchte ihr nur zu gern, denn ich war tatsächlich todmüde.

10. September   Ich fuhr hoch, als mir jemand die Hand auf den Kopf legte. Es war der Professor. Ich hatte also so lange geschlafen, daß er inzwischen hierhergekommen war.

„Wie geht es unserer Patientin?" fragte er ohne jede Einleitung sehr dringlich.

„Gut. Wirklich gut, als ich sie gestern abend allein ließ, oder richtiger, als sie mich allein ließ", antwortete ich ein wenig schuldbewußt.

„Kommen Sie!" rief er. „Wir schauen nach."

In Lucys Zimmer waren die Fenster verhängt, und ich zog die Vorhänge leise auf. Der Professor trat an ihr Bett, und da hörte ich seinen erstickten Schreckenslaut. Eine furchtbare Angst überfiel mich.

Auf dem Bett lag Lucy, bleicher und matter denn je! Sie war ganz offensichtlich bewußtlos. Ihre blutlosen Lippen standen halb offen, und ihre Zähne traten erschreckend hervor wie bei einer Toten.

„Schnell!" befahl er. „Holen Sie Cognac!"

Ich lief ins Eßzimmer hinunter und holte die dort stehende Karaffe. Er goß ihr ein wenig von der belebenden Flüssigkeit in den Mund, und dann massierten wir beide ihre Hände, Arme und das Herz. Der Professor fühlte ihr den Puls und sagte: „Noch ist es nicht zu spät, noch schlägt ihr Herz, wenn auch sehr schwach. Wir müssen wieder eine Blutübertragung vornehmen, und diesmal muß ich Sie, Jack, bitten, der Blutspender zu sein."

Flink und geschickt bereitete er alles vor, während ich mir die Jacke auszog und die Hemdsärmel aufkrempelte.

„Erst muß ich ihr eine Morphiumspritze geben, damit sie ruhig bleibt", sagte der Professor.

Er tat es, und als ich dann mein Blut spendete, sahen wir wieder, wie eine schwache Röte Lucys bleiche Wangen und Lippen färbte. Gleichzeitig konnten wir feststellen, daß ihre Bewußtlosigkeit in einen narkotischen Schlaf überging.

Hinterher sagte der Professor zu mir: „Hören Sie, Jack, wir sagen niemand etwas von dieser zweiten Bluttransfusion. Es würde ihren Verlobten unnötig erschrecken. Im übrigen müssen Sie jetzt nach dem Blutverlust erst einmal kräftig frühstücken."

Lucy schlief bis zum Nachmittag, war nach dem Erwachen aber nicht so gekräftigt wie nach der ersten Blutübertragung, aber wenigstens außer Gefahr.

Auf einem kurzen Spaziergang warnte mich der Professor: „Lassen Sie sie keinesfalls allein! Wir haben die Folgen ja gesehen."

Nach unserer Rückkehr fanden wir Lucy im Gespräch mit ihrer Mutter, die inzwischen heimgekommen war. Natürlich ahnte die alte Dame nicht, in welcher Todesgefahr ihre Tochter geschwebt hatte. Sie wußte nur, daß Lucy nicht ganz wohl gewesen war. Nachdem sie sich zurückgezogen hatte, sagte der Professor zu mir: „Hören Sie,

Jack, ich habe es mir anders überlegt. Gehen Sie ruhig in Ihre Klinik, denn heute nacht werde ich selber bei unserer Patientin wachen. Dieser Fall ist so ungewöhnlich und so außerordentlich ernst, daß niemand sonst etwas davon erfahren darf. Ja, ich weiß, daß es hier um schlimme Dinge geht, aber fragen Sie mich nicht danach. Noch nicht. Erst muß ich selber ganz sicher sein. Gute Nacht."

11. September   Heute nachmittag wieder nach Hillingham. Der Professor empfing mich gutgelaunt, denn seiner Patientin geht es viel besser. Bald nach meiner Ankunft wurde ein Paket abgeliefert, das der Professor an sich nahm und auch öffnete, da er es selber bestellt hatte. Zu unserer Verwunderung enthielt es einen großen Strauß weißer Blumen.

„Die sind für Sie, meine schöne Patientin", sagte er zu Lucy.

„Für mich, o Herr Professor! Aber was sind das für Blumen? Die kenne ich nicht."

„Es ist Medizin", sagte der Professor ernst. Und als Lucy eine Grimasse schnitt, fuhr er fort: „O nein, Sie brauchen sie nicht zu schlucken. Trotzdem weiß ich, daß sie auf Ihr Befinden eine gute Wirkung haben werden. Ich stelle ein paar Blüten ins Fenster, und aus den übrigen mache ich einen Kranz, den Sie abends, wenn Sie zu Bett gehen, um den Hals legen müssen. Dann schlafen Sie gut und können all Ihre Sorgen vergessen."

Jetzt roch Lucy an den Blumen, rümpfte aber die Nase und sagte lachend: „Sie treiben Ihren Spaß mit mir, Herr

Professor. Das ist ja nur ganz gewöhnlicher Knoblauch!"

Fast erzürnt ging der Professor auf sie zu und sagte nachdrücklich: „Hier gibt es nichts zu scherzen! Ich weiß, was ich tue, und habe meine guten Gründe dafür. Und, Miß Lucy, ich warne Sie davor, meine Anordnungen nicht zu befolgen. Schließlich geht es um Ihre Gesundheit. Ja, um Ihr Leben!"

Abends begleiteten wir Lucy in ihr Zimmer und nahmen die Blüten mit. Der Professor verriegelte die Fenster, nahm dann eine Handvoll der Blüten und rieb damit Fensterrahmen und Fensterkreuz ein. Das gleiche machte er mit den Türpfosten und der Kaminöffnung. Ich sah ihm befremdet zu. Während Lucy sich auszog und wir im Nebenzimmer warteten, fragte ich ihn: „Natürlich haben Sie Ihre guten Gründe für alles, was Sie tun, aber ich muß schon gestehen, daß ich über Ihre Maßnahmen höchst verwundert bin. Es sieht ja aus, als trieben Sie hier böse Geister aus!"

„Genau das tue ich ja vielleicht", antwortete der Professor ruhig und machte sich daran, aus den Knoblauchblüten einen Kranz zu flechten. Ich war stumm vor Verblüffung.

Kurz darauf gingen wir zu Lucy hinein, die schon im Bett lag. Der Professor legte ihr den Kranz um den Hals und ermahnte sie: „Miß Lucy, liegen Sie bitte ruhig, damit der Kranz nicht verrutscht. Und öffnen Sie keinesfalls Fenster oder Tür, auch wenn es Ihnen hier drinnen noch so stickig vorkommt.

So, jetzt können wir Sie ruhigen Gewissens der Obhut Ihrer Mutter anvertrauen."

13. September   Heute früh gegen acht Uhr fuhren der Professor und ich wieder nach Hillingham hinaus. Als wir das Haus betraten, empfing uns Lucys Mutter.

„Lucy geht es besser", sagte sie freudestrahlend. „Sie schläft noch. Ich habe zu ihr reingeschaut, wollte sie aber nicht wecken."

Der Professor nickte zufrieden.

„Also stimmte meine Diagnose", sagte er. „Und auch die Behandlungsmethode war richtig."

„Nun, Herr Professor, auch ich habe mein Teil dazu beigetragen, daß es Lucy bessergeht", sagte Mrs. Westenra.

„Wie meinen Sie das?"

„Nun ja, heute nacht wurde ich wach und dachte, ich schau mal nach ihr. Sie schlief tief und ruhig. Aber wissen Sie, es war schrecklich stickig in ihrem Zimmer. Überall standen ja Blumen herum, die unerträglich scharf rochen. Und nicht genug damit, Lucy hatte sich sogar einen Kranz davon um den Hals gelegt. Was sie sich dabei gedacht hat, verstehe ich wirklich nicht. Jedenfalls habe ich sofort alle Blüten entfernt und das Fenster weit aufgemacht, damit sie frische Luft bekommt. Das wird meinem armen Liebling gutgetan haben."

Der Professor war bei den Worten der alten Dame aschfahl geworden. Er beherrschte sich jedoch und sagte kein Wort, bis sie das Zimmer verlassen hatte. Dann aber stöhnte er: „O Gott! Wie konnte ich nur! Ich hätte der Mutter sagen müssen, wie lebenswichtig diese Blüten sind. Alle bösen Mächte haben sich gegen uns verschworen!"

Er griff nach seiner Tasche, gab mir ein Zeichen, ihm zu folgen, und wir beide eilten in Lucys Zimmer.

Wieder einmal zog ich die Vorhänge beiseite, während er ans Bett trat.

„Das war zu erwarten", murmelte er mit heiserer Stimme, ging dann wortlos zur Tür und verschloß sie. In großer Hast packte er seine Instrumente für eine weitere Blutübertragung aus.

Als ich mir die Jacke auszog und die Hemdsärmel hochkrempelte, rief er: „Halt, diesmal bin ich an der Reihe, und Sie, mein lieber Kollege, werden die Transfusion vornehmen."

Ich gehorchte seinen Anordnungen, und alles wiederholte sich. Langsam kehrte Farbe in Lucys bleiche Wangen zurück.

Nach einer Weile konnten wir unsere Patientin allein lassen, und der Professor suchte Lucys Mutter auf. Er erklärte ihr, daß der Duft dieser Blüten medizinisch wertvoll sei, ja lebensrettend für Lucy. Ihr Zustand sei nun wieder so kritisch, daß er selber in dieser und der kommenden Nacht bei ihr wachen wolle.

Damit verabschiedete er sich, und ich fuhr in mein Krankenhaus zurück, wo man mich schon dringend erwartete. Die letzten Ereignisse hatten mich völlig verwirrt. Ich konnte um alles in der Welt nicht begreifen, was der Professor mit Lucy vorhatte, und fragte mich ernstlich, ob er überhaupt bei Verstand sei.

18. September Bin heute wieder in das Landhaus gefahren, um nach Lucy zu sehen, obwohl der Professor es mir nicht aufgetragen hatte. Aber ich hatte keine Ruhe. In Hillingham waren alle Türen und Fenster geschlossen, und als ich noch ganz verblüfft vor dem Haus stand, hörte ich Hufgetrappel, und wenige Minuten später kam van Helsing die Allee entlanggelaufen. Atemlos stieß er hervor: „Wie geht es ihr? Kommen wir zu spät? Haben Sie mein Telegramm bekommen?"

Ich starrte ihn verständnislos an. „Was für ein Telegramm? Ich weiß von keinem Telegramm."

„Aber ich habe Ihnen doch telegrafiert, daß Sie sich unbedingt um Lucy kümmern müssen! In der Zeitung stand nämlich, daß aus dem Londoner Zoo nachts ein großer Wolf ausgebrochen ist, der am nächsten Morgen freiwillig wieder dorthin zurückgekehrt ist. Mir war sofort klar, was das bedeutet: höchste Lebensgefahr für Lucy!"

Jetzt war ich überzeugt davon, daß der Professor tatsächlich den Verstand verloren hatte. Aber da packte er mich auch schon beim Arm und schrie: „Kommen Sie, wir müssen versuchen, ins Haus zu gelangen, egal wie!"

Auf der Rückseite des Hauses fanden wir ein Küchenfenster, das leicht zu erreichen war. Wir schlugen die Scheibe ein und kletterten hinein. Als wir von dort ins Eßzimmer kamen, sahen wir zu unserem Entsetzen alle vier Dienstmädchen auf dem Boden liegen. Gottlob waren sie nicht tot, ihr röchelnder Atem und der durchdringende Opiumgeruch verrieten uns, daß man sie betäubt hatte.

„Wir kümmern uns später um sie", rief der Professor und lief die Treppe zu Lucys Zimmer hinauf. Die Tür war geschlossen. Lauschend standen wir ein paar Sekunden da, dann öffneten wir sie vorsichtig. Ein furchtbarer Anblick bot sich uns!

Auf dem Bett lagen Lucy und ihre Mutter, leichenblaß und mit eingesunkenen Zügen. Der Blütenkranz lag nicht um Lucys Hals, sondern auf der Brust der Mutter. An Lucys Hals leuchteten blutrot zwei kleine Wunden.

Wortlos beugte sich der Professor über die beiden Leblosen und horchte sie ab. Dann richtete er sich auf und sagte leise: „Die Mutter ist tot. Ihr Herz hat versagt. Aber Lucy lebt noch. Schnell, holen Sie den Cognac!"

Ich lief die Treppe hinunter und holte die Karaffe, und der Professor rieb Lucys Lippen und ihre Handgelenke damit ein. Dabei murmelte er: „Mehr können wir für sie nicht tun. Nein, vielleicht doch! Versuchen Sie, Leben in die Dienstboten zu bringen. Wir brauchen so schnell wie möglich ein warmes Bad, denn dieses arme Geschöpf ist ja fast ebenso kalt wie die tote Mutter. Wir müssen versuchen, sie zu wärmen."

Während die Dienstboten nach einiger Zeit, freilich noch ganz benommen und taumelnd, den Auftrag ausführten, massierten wir Lucys Herz und Handgelenke. Mir schien es ein Wettlauf mit dem Tode zu sein. Tatsächlich hatte das warme Bad dann doch eine belebende Wirkung, ihr Atem und ihr Herzschlag wurden ein wenig kräftiger.

Erst am Nachmittag schlug unsere Patientin die Augen auf und lächelte uns matt zu. Gleich darauf aber fuhr sie schaudernd zusammen, und ihr Blick erstarrte. Offenbar waren ihr die Ereignisse der Nacht eingefallen, und daß ihre Mutter tot war. Sie schloß wieder die Augen, und als sie kurz darauf vor Erschöpfung eingeschlafen war, zog mich der Professor ins Nebenzimmer. In der Hand hielt er einen Bogen Papier.

„Hier, schauen Sie, Jack, was ich gefunden habe. Es ist eine Aufzeichnung, die Lucy gestern nacht gemacht haben muß. Die Schrift ist kaum zu lesen, kein Wunder bei ihrer Schwäche und der Erregung, in der sie sich befand."

„Was hat sie denn da geschrieben?" fragte ich erstaunt.

„Ja, der Inhalt ist schrecklich. Hören Sie selbst."

Er begann zu lesen.

„Ich muß versuchen, aufzuschreiben, was heute nacht passiert ist. Ich fühle, daß ich nicht mehr lange zu leben habe, aber Arthur und meine Ärzte müssen alles erfahren. Ich wurde nachts durch Flügelschlagen an meinem Fenster geweckt. Dann hörte ich unten im Garten das Heulen eines Hundes. Da es so wild und schaurig klang, ging ich ans Fenster, sah da aber nur eine große Fledermaus, die vor der Scheibe hin und her flatterte. In diesem Augenblick kam Mama herein, die mich gehört hatte. Da sie sich um mich sorgte, ich aber befürchtete, sie könne sich erkälten, nahm ich sie zu mir in mein Bett. Wieder begann die riesige Fledermaus gegen die Scheiben zu schlagen, und Mama geriet in Panik. Ich nahm sie in meine Arme, um sie zu beruhigen, und spürte, wie wild ihr armes krankes Herz schlug. Kurz darauf begann wieder das Geheul, und dann plötzlich, o mein Gott, zerbarst die Scheibe, Glassplitter flogen ins Zimmer. Und durch die Vorhänge hindurch steckte ein großer grauer Wolf seinen Kopf! Mama schrie auf, zeigte auf das Untier und fiel mit einem gurgelnden Laut zur Seite. Als ich noch gebannt vor Entsetzen auf die Bestie starrte, zog sich ihr Kopf plötzlich zurück, und durch das Fenster wirbelte ein Nebel von feinen Staubkörnern ins Zimmer. Bald war das ganze Zimmer voll davon, der Nebel verdichtete sich zu Gestalten. Ich versuchte, mich zu bewegen, um mich um Mama zu kümmern, war aber wie gelähmt, wie verhext.

Schließlich glückte es mir, um Hilfe zu rufen, und zwei unserer Mädchen kamen auf bloßen Füßen angelaufen. Ich konnte nur stumm auf Mama zeigen, und sie versuchten, sie aufzurichten. Dann begannen sie zu weinen. ‚Die Lady ist tot‘, schluchzten sie. Im selben Augenblick fuhr ein Windstoß ins Zimmer und schlug die Tür mit einem Knall zu. Kurz darauf sprang sie von allein wieder auf, und da stürzten die Mädchen schreiend hinaus. Was soll ich tun? Ich bin allein, neben mir liegt meine tote Mutter. Ich habe ihr die Hände gefaltet und die Blumen auf die Brust gelegt. Draußen höre ich den Wolf heulen. Ich weiß, daß ich bald sterben muß. Leb wohl, mein geliebter Arthur.“

Der Professor war verstummt und sah mich forschend an. „Nun, Jack, begreifen Sie jetzt, was sich hier abgespielt hat?“

„Nein“, sagte ich. „Ich begreife gar nichts. Das ist doch alles Wahnsinn. Lucy hat phantasiert.“

„Aber ihre Mutter ist tot, und zwar an einem Schock gestorben“, sagte der Professor. „Und noch etwas: Gestern habe ich in der Zeitung gelesen, daß im Londoner Zoo allnächtlich ein großer Wolf ausbricht, der morgens wieder zurückkehrt. Und gestern hatte dieser Wolf Schnittwunden! Und das ist der Beweis dafür, daß ich mich nicht irre. Auch die arme Lucy hat sich nicht geirrt. Ihre Tage sind gezählt. Wir müssen sofort ihren Verlobten benachrichtigen.“

*

20. September   Wir haben Lucy in ein anderes Zimmer gebettet, und der Professor und ich lösen uns mit der Nachtwache ab. Heute früh ist Arthur gekommen. Er erschrak tief, als er an Lucys Bett trat.

Ihr Gesicht war weißer als das Kissen. Sie schläft mit offenem Mund, und ihre Zähne wirken sehr lang, sie kommen mir auch spitzer vor, besonders die beiden Eckzähne. Doch das ist natürlich eine Täuschung, der Eindruck entsteht nur, weil sie so mager geworden ist. Arthur war so erschüttert über ihr verändertes Aussehen, daß ich ihn aus dem Zimmer führen mußte. Eine Nachtwache ist ihm nicht zuzumuten, also werde ich heute wieder an Lucys Bett wachen.

21. September   Lucy schlief sehr unruhig. Auffallend war, daß sie immer wieder versuchte, den Blütenkranz vom Hals zu zerren. Dabei stieß sie röchelnde Laute aus.

Als der Professor morgens um sechs zur Ablösung kam, untersuchte er Lucy. Ich hörte seinen halberstickten Ausruf, trat näher und erstarrte.

Die beiden Wundmale an ihrem Hals waren spurlos verschwunden!

Der Professor stand lange stumm da und starrte auf Lucy hinunter.

„Jetzt ist alle Hoffnung aus. Sie hat nicht mehr lange zu leben. Wecken Sie Arthur und holen Sie ihn."

So schonend wie möglich brachte ich Arthur die traurige Nachricht bei. Er brach völlig zusammen, und ich mußte ihn zu Lucys Bett führen. Dort fiel er neben ihr auf die Knie. Lucy sah ganz erschreckend aus. Die bleichen Lippen entblößten lange und spitze Zähne. Plötzlich schlug sie die Augen auf, aber ihr Blick war seltsam starr und hart. Mit heiserer, wollüstiger Stimme hauchte sie: „Arthur! Mein Geliebter, komm, küsse mich!"

Arthur beugte sich über sie, im selben Augenblick aber stürzte der Professor herbei und riß ihn beiseite.

„Nein", schrie er. „Nicht!" Wir alle starrten ihn fassungslos an. Über Lucys Gesicht aber fuhr ein Schatten von Zorn, und sie biß sich mit den spitzen Zähnen auf die Lippen und schloß die Augen. Ihr Atem wurde schwer und röchelnd, und plötzlich erstarb jeder Laut. Es wurde unheimlich still.

„Sie ist tot", sagte der Professor mit rauher Stimme. Er führte den verzweifelt schluchzenden Arthur ins Wohnzimmer. Bald darauf kam er wieder zu mir herein.

„Das arme Geschöpf", sagte ich. „Nun hat sie endlich ihren Frieden gefunden."

„Nein, das hat sie leider nicht", sagte der Professor ernst. „Ich wünschte, es wäre so, aber das hier ist erst der Anfang!"

22. September Schon heute haben wir Lucy und ihre Mutter beerdigt. Ich kümmerte mich um alle Formalitäten, und auch der Professor ist im Haus geblieben.

Vor der Bestattung gingen wir noch mal zu Lucy, die zu meinem Erstaunen ganz unbeschreiblich schön aussah. Ja man konnte gar nicht glauben, daß sie tot war, so blühend wirkte sie.

„Warten Sie einen Augenblick", sagte der Professor, ging aus dem Zimmer und kam bald darauf mit einem Strauß Knoblauchblüten zurück, die er rund um die Bahre ordnete. Dann nahm er ein kleines goldenes Kruzifix ab, das er um den Hals trug, und legte es Lucy auf die Lippen.

Spätabends, nachdem die Feierlichkeiten vorüber waren, kam er zu mir ins Zimmer.

„Sie müssen morgen helfen, Jack", sagte er.

„Ja, gern. Aber wobei? Was haben Sie vor?"

„Bevor ich es Ihnen sage, müssen Sie mir schwören, es niemand zu verraten. Ich werde Lucy das Herz durchbohren."

„Was?! Ja, mein Gott, wieso denn?" schrie ich außer mir. „Sie ist doch tot! Was soll das? Es ist ja entsetzlich!"

„Mein lieber junger Freund", sagte er und legte mir die Hand auf die Schulter, „ich verstehe Ihre Gefühle. Aber es gibt Dinge zwischen Himmel und Erde, von denen Sie nichts wissen. Eines ist gewiß, wenn Sie später die ganze Wahrheit erfahren, dann werden Sie mir danken. Ich kann nur wiederholen, daß ich für alles, was ich tue, meine guten Gründe habe. Sie, Jack, kennen mich seit vielen Jahren und haben mir immer vertraut, tun Sie es auch jetzt! Und schwören Sie mir zu schweigen!"

Ich gab ihm nur stumm die Hand.

Minas Tagebuch

22. September Im Zug nach Exeter, meinem künftigen Heim. Jonathan schläft. Es ist eine Ewigkeit her, daß ich in meinem Tagebuch geschrieben habe. Meine letzte Notiz war, daß ich zu Jonathan fahre. Und jetzt bin ich mit ihm verheiratet. Über unsere Zukunft brauchen wir uns keine Sorgen zu machen, denn Jonathans Chef ist gestorben und hat Jonathan als Erben eingesetzt. Er wird die Anwaltsfirma künftig leiten und ist schon jetzt ein reicher Mann. In Exeter steht ein schönes Haus für uns bereit.

Aber nach wie vor muß ich mir Sorgen machen um Jonathan, denn er ist noch immer nicht ganz gesund. Ich muß in allem Rücksicht auf ihn nehmen und darf keine Fragen stellen nach dem, was er erlebt hat. Vielleicht weiß er gar nichts mehr davon? Oder erinnert er sich doch und kann diese Erinnerung nur nicht ertragen?

Heute machten wir am späten Nachmittag einen Spaziergang im Hyde Park und bummelten anschließend durch die Oxford Street. Es dämmerte schon, als Jonathan mich plötzlich beim Arm packte und erschrocken auf eine Kutsche wies. „O Gott!" stöhnte er nur. Er war sehr blaß geworden, und die Augen traten ihm fast aus den Höhlen. In der offenen Kutsche saß ein junges Mädchen, und neben ihr am Wagen stand ein hochgewachsener, hagerer Mann mit einem schwarzen Schnurrbart. Sein bleiches Gesicht wirkte grausam. Besonders auffallend waren die blutroten Lippen, zwischen denen spitze, raubtierähnliche Zähne hervorschimmerten.

„Da! Dieser Mann dort", flüsterte Jonathan erregt. „Das ist er! Ja, ich täusche mich nicht, er ist es!"

Jonathan schien vorauszusetzen, daß ich diesen Mann kannte, aber ich hatte ihn noch nie gesehen. In diesem Augenblick kam der Kutscher, stieg auf den Bock, und der Wagen fuhr davon. Sofort winkte der unheimliche Mann eine Droschke herbei und folgte der Kutsche mit dem Mädchen. Jonathan murmelte: „Ja, es muß Graf Dracula gewesen sein. Ich bin ganz sicher, obwohl er viel jünger aussieht als früher. Mein Gott, wenn er es wirklich ist! Entsetzlich!"

Dieses Erlebnis hat mir gezeigt, daß Jonathans Sinnesverwirrung noch immer nicht vorüber ist und wie behutsam ich mit ihm umgehen muß. Meine Rückkehr in die Heimat steht unter keinem guten Stern. Erst heute haben wir erfahren, daß meine innig geliebte Lucy unter so tragischen Umständen gestorben ist. Ein gewisser Professor van Helsing, der sie behandelt hat, hatte uns ein Telegramm geschickt, das uns nach Verlassen der Fähre ausgehändigt wurde. Die arme Lucy – und der arme Arthur!

23. *September* Das gestrige Erlebnis hat Jonathan so erregt, daß die erste Nacht zu Hause sehr unruhig wurde. Er hat immer noch Wahnvorstellungen. Aber manchmal frage ich mich, sind es wirklich nur Wahnvorstellungen?

Am Tag nach unserer Hochzeit hat Jonathan mir sein Tagebuch gegeben, das er während seines Aufenthaltes in Transsylvanien geführt hat. In diesem Buch stehen schreckliche Dinge, sagt er, die seine Krankheit erklärten. Da er sehr aufgeregt war, packte ich das Buch vor seinen Augen ein, versiegelte es und sagte, daß er all dies, was darin stehe, vergessen solle, und daß ich es nicht lesen wolle, außer wenn mich sein Befinden dazu zwinge.

Und das ist jetzt der Fall. Ich muß wissen, was Jonathan so beunruhigt und quält. Noch heute abend werde ich es lesen, und vielleicht kann ich ihm dann besser helfen.

24. September Ich habe kein Auge zugetan, so hat mich all das Grauenvolle, das in dem Tagebuch steht, erschüttert. Wie sehr hat mein armer Jonathan gelitten! Dabei ist es ja ganz gleichgültig, ob das alles auf Wahrheit oder Einbildung beruht. Der Arme! Hatte er schon Fieber, als er dies alles niederschrieb, oder ist ihm das wirklich passiert? Ich wage nicht, ihn danach zu fragen ...

Fest steht jedenfalls, daß dieser schreckliche Graf Dracula nach London gekommen ist und hier ein Haus gekauft hat. Also kann er der Mann in der Oxford Street gewesen sein! Und sollte er wirklich so ein Monster sein, dann findet er in dieser Millionenstadt ja zahllose Opfer ...

25. September Heute las ich in der Zeitung eine Nachricht, die mich sehr betroffen gemacht hat. Weil sie so seltsam ist, steht sie vielleicht im Zusammenhang mit Jonathans Erlebnissen. Ich klebe hier den Ausschnitt aus der *Westminster Gazette* ein.

Geheimnisvolle Vorgänge in Hampstead. Diese Gegend ist zur Zeit Schauplatz merkwürdiger Geschehnisse. Während der letzten Tage sind immer wieder kleine Kinder als vermißt gemeldet worden, die dann – freilich erst spätabends – doch nach Hause kamen. Da alle betroffenen Kinder noch sehr klein sind, ist es schwer, sich ein Bild von dem Vorgefallenen zu machen. Nur in einem Punkt stimmen alle Aussagen überein: Alle Kinder waren mit „der komischen Tante" zusammen.

In einigen Fällen sind die vermißten Kinder nicht nach Hause zurückgekehrt, sondern irgendwo aufgefunden worden, in zwei Fällen erst am folgenden Morgen. Das seltsamste aber ist, daß alle Kinder am Hals kleine Male oder Wunden trugen, wie nach dem Biß einer Ratte oder eines Hundes. Obwohl diese Wunden an sich nicht gefährlich wirken, sind die Eltern in Panik geraten und haben die Polizei alarmiert.

Soeben ist die Nachricht eingetroffen, daß wieder ein Kind verschwunden war, das man heute morgen unter einem Busch im Park gefunden hat. Auch dieses Kind hat die gleichen Wunden am Hals und war völlig ermattet und bleich. Genau wie die übrigen erzählte es, „die komische Tante" habe es mitgelockt.

26. September   Ich bin sehr bestürzt. Professor van Helsing hat mich aufgesucht. Durch Arthur und Jack, mit denen er sich während meiner Abwesenheit angefreundet hat, weiß er, wie nahe Lucy mir gestanden hat.

Gleich nach seiner Ankunft erklärte er mir sein Anliegen. „Ich versuche Licht in das Dunkel um Miß Lucys Tod zu bringen", sagte er. „Ja, ich weiß, daß Sie bei ihr waren, als die Krankheit ausbrach, deshalb möchte ich Sie bitten, mir alles so genau wie möglich zu erzählen – aber sagen Sie darüber kein Sterbenswort zu Ihrem Mann. Wahrscheinlich ist sein Zustand immer noch so ernst, daß er keiner Aufregung gewachsen ist."

Ich erklärte dem Professor, daß ich ein Tagebuch geführt habe und es ihm gern überlasse, und daß meine Aufzeichnungen wahrscheinlich zuverlässiger seien als mein Gedächtnis. Und lesbar waren sie ja auch, denn ich hatte mein Stenogramm inzwischen mit der Maschine geschrieben.

Ich holte die Blätter und gab sie ihm. Er bedankte sich und machte sich sofort an die Lektüre, während ich mich inzwischen dem Haushalt widmete. Es war ein Glück, daß Jonathan in sein Anwaltsbüro gegangen war. Als ich nach einiger Zeit ins Zimmer kam, rief der Professor: „Oh, Madame Mina, wie soll ich Ihnen bloß danken! Diese Tagebuchaufzeichnungen sind für mich und meine Forschung unschätzbar. Hier handelt es sich um Dinge, in die ich gewisse Einblicke habe, die Sie aber nicht verstehen können. Schreckliche Dinge!"

Sofort fiel mir all das Entsetzliche ein, das in Jonathans Tagebuch stand. Da ich zu dem gütigen alten Herrn sofort großes Zutrauen gefaßt hatte, entschloß ich mich, ihm davon zu erzählen. Weil ich aber so aufgeregt war, daß ich mich nur verhaspelte, stand ich schließlich auf, holte Jonathans Tagebuch und gab es ihm.

„Lesen Sie es selber, Herr Professor, und sagen Sie mir dann, was Sie davon halten. Ich glaube, Sie sind der einzige, der beurteilen kann, ob das nur Fieberphantasien sind, oder ob sich das alles wirklich zugetragen hat."

Der Professor dankte mir überschwenglich und bat mich, das Tagebuch mitnehmen zu dürfen, da er aufbrechen müsse.

27. September Ich erhielt heute schon ein paar Zeilen von dem Professor. Er schreibt mir, daß Jonathans Tagebuch nicht auf Einbildung, sondern auf wahren Erlebnissen beruhe. Er hätte aber noch viele Fragen an mich und wolle mich bald wiedersehen. Gottlob hat er mir versichert, daß ich mich nicht zu beunruhigen brauche und alles gut werden würde. Und ich vertraue ihm. Jonathans Tagebuch hat er mit dem Brief zurückgeschickt.

Jonathans Tagebuch

28. September Ich hätte nie geglaubt, daß ich je wieder eine Zeile in dieses Tagebuch schreiben würde, und doch ist es so.

Gestern hat mir Mina von ihrer Begegnung mit

Professor van Helsing erzählt und mir auch seinen Brief gezeigt. Jetzt weiß ich, daß all meine Erlebnisse wahr sind, und ich fühle mich wie neugeboren, denn dieser Zweifel nagte ständig an mir. Wie kann man selber wissen, was Einbildung ist und was nicht? Endlich bin ich sicher, daß ich während meines Aufenthaltes im Schloß bei klarem Verstand war, und jetzt fürchte ich mich nicht länger – nicht einmal vor Dracula.

Er ist also in London, und ich habe ihn wirklich gesehen. Aber wie konnte er jünger werden? Ich hoffe und glaube, daß der Professor ihn entlarven und seinem frevelhaften Treiben irgendwie ein Ende setzen wird. In einer Stunde kommt der Professor zu uns . . .

Was für eine imponierende Persönlichkeit, dieser Professor van Helsing! Gleich nach der Begrüßung kam er zur Sache.

„Mir steht eine sehr schwere Aufgabe bevor, und ich brauche Ihre Hilfe, Mr. Harker. Kann ich auf Sie zählen?"

„Geht es dabei um Graf Dracula?" fragte ich.

„Ja", antwortete er sehr ernst.

„Dann können Sie auf mich zählen! Ich werde alles tun, was in meinen Kräften steht, um Ihnen zu helfen."

Nach einem gemeinsamen Mittagsmahl begleitete ich den Professor zum Bahnhof. Er wollte zu Jack fahren und sagte etwas von einem Eingriff, den sie beide vornehmen müßten. Beim Abschied fragte er mich: „Ich darf also jederzeit über Sie verfügen? Es kann nämlich sein, daß ich Ihnen bald ein Telegramm schicke, und dann erwarte ich Sie zu einer bestimmten Zeit an einem bestimmten Ort."

„Ich werde dort sein", versprach ich.

Ich hatte ihm für die Reise ein paar Zeitungen besorgt, und während wir noch im Abteil saßen und auf die Abfahrt des Zuges warteten, blätterte er darin. Plötzlich erstarrte sein Blick, und er murmelte: „O mein Gott!"

In diesem Augenblick erklang das Abfahrtssignal, und ich lief hinaus. Er lehnte sich aus dem Fenster und rief mir zu: „Sie hören bald von mir! Und grüßen Sie Madame Mina!"

Jacks Tagebuch

28. September Heute nachmittag gegen halb sechs kam van Helsing zu mir. Er war aus Exeter, wo er Mina und Jonathan besucht hatte, gekommen und reichte mir aufgeregt die *Westminster Gazette*.

„Was sagen Sie dazu?" fragte er und zeigte auf eine Notiz über verirrte oder entführte Kinder in Hampstead. Zunächst begriff ich gar nicht, was an dieser Nachricht interessant war. Und erst als ich las, daß alle Kinder kleine Wunden am Hals gehabt hatten, wurde mir klar, worum es ging.

„Nun?" fragte der Professor noch einmal.

„Das erinnert an die Wunden der armen Lucy."

„Und welchen Schluß ziehen Sie daraus?" wollte der Professor wissen.

„Daß diese Wunden vielleicht auf die gleiche Art entstanden sind", erwiderte ich nachdenklich.

„Sie meinen also, daß den Kindern die Wunden von demselben gespenstischen Wesen zugefügt worden sind, das Miß Lucy verletzt hat?"

Ich nickte stumm.

Da brach es erregt aus ihm hervor: „Aber nein, nein! Sie irren sich, Jack! Fast wünschte ich, es wäre so! Aber es ist viel, viel schlimmer."

„Herrgott, was meinen Sie?" rief ich erschrocken.

Er holte tief Atem, sah mich ernst an und sagte mit gepreßter Stimme: „Es ist Lucy gewesen. Sie hat das getan!"

Mich packte plötzlich ein großer Zorn. Ich fuhr auf, schlug mit der Faust auf den Tisch und brüllte: „Lucy? Die arme, reizende Lucy, die jetzt tot ist? Ja, sind Sie denn wahnsinnig?"

Er sah mich ganz ruhig und ein wenig mitleidig an.

„Ach, mein junger Freund, ich wünschte, es wäre so", sagte er. „Wahnsinn wäre menschlicher und begreiflicher als dies. Aber wir dürfen uns nicht unseren Gefühlen hingeben, wir müssen handeln. Zunächst einmal müssen wir das Kind aufsuchen, das man im Park gefunden und dann in das Städtische Krankenhaus eingeliefert hat. Ich kenne dort einen Dr. Vincent und werde ihn bitten, daß wir uns die Wunden ansehen dürfen – aber ich werde nichts Näheres sagen."

„Und dann?" fragte ich.

„Dann werden wir beide die Nacht auf dem Friedhof verbringen, wo Lucy liegt." Er holte einen Schlüssel aus der Tasche und zeigte ihn mir. „Dies ist der Schlüssel zur Familiengruft der Westenras. Und dort hinein werden wir beide gehen."

Mich überlief es kalt. Aber ich hatte dem Professor meinen Beistand zugesagt, und es gab kein Zurück für mich.

Im Krankenhaus zeigte uns Dr. Vincent die Wunden am Hals des Kindes. Sie glichen den Malen, die wir an der armen Lucy gesehen hatten, waren nur kleiner. Die Wundränder waren noch ganz frisch.

Der Professor fragte Dr. Vincent, was er davon halte, und sein Bescheid lautete, es könne sich nur um den Biß eines Tieres handeln.

„Vielleicht war es eine Fledermaus", fuhr Dr. Vincent fort, „denn in den Londoner Vororten gibt es recht viele dieser Nachttiere. Es kann aber auch ein Exemplar einer größeren und gefährlicheren Art gewesen sein. In diesem Zusammenhang fällt mir ein, daß vor etwa zehn Tagen ein großer Wolf aus dem Zoo ausgebrochen ist, den man hier in der Gegend gesehen haben will. Eine ganze Woche lang spielten die Kinder in Hampstead nur Rotkäppchen. Doch dann tauchte diese Sache mit der ‚komischen Tante' auf, und damit hatten die Kleinen ein neues, spannendes Spiel. Ja, stellen Sie sich vor, dieser Knirps hier hat heute früh die Schwester gefragt, ob er nicht endlich raus kann. Er will wieder mit der ‚komischen Tante' spielen."

„Warnen Sie die Eltern!" beschwor ihn der Professor. „Sie müssen gut auf den Jungen achtgeben! Aber Sie entlassen ihn hoffentlich noch nicht?"

„O nein, erst müssen seine Wunden völlig verheilt sein", antwortete Dr. Vincent.

Als wir aus dem Krankenhaus kamen, sagte der

Professor: „So, und jetzt gehen wir erst mal in Ruhe essen, denn wenn wir unsere Nachtwache beginnen, muß es schon dunkel sein."

Etwa zwei Stunden später waren wir auf dem Weg zum Friedhof. Die einzigen Menschen, die wir trafen, waren zwei berittene Polizisten. Das Friedhofstor war geschlossen, also mußten wir über die Mauer klettern, und dann dauerte es geraume Zeit, bis wir in der Dunkelheit die Familiengruft der Westenras gefunden hatten.

Der Professor holte den Schlüssel hervor, schloß auf, und die Pforte öffnete sich knarrend. Bevor wir hineingingen, kontrollierte er, ob sich das Schloß auch von innen öffnen ließ, und erst dann machte er die Pforte zu.

Da es in der Gruft stockdunkel war, entzündete der Professor eine Kerze, die einen flackernden, gespenstischen Schein auf verdorrte Blumen, Spinngewebe und vorbeihuschende Käfer warf. Mühsam entzifferten wir die Namen auf den Särgen und fanden schließlich Lucys letzte Ruhestätte. Der Professor stellte seine Tasche ab und nahm einen großen Schraubenzieher hervor.

„Gott im Himmel, was haben Sie vor?" fragte ich entsetzt.

„Ich werde den Sarg öffnen. Und dann werden Sie nicht mehr an mir zweifeln."

Unverzüglich lockerte er die Schrauben, hob dann den Deckel, hielt die Kerze hoch und winkte mich herbei.

Schaudernd trat ich an den Sarg. Er war leer!

Ich war fassungslos, den Professor aber schien diese ungeheuerliche Tatsache nicht im geringsten zu wundern.

„Nun, sind Sie jetzt überzeugt, Jack?"

Ich begriff gar nicht, was er meinte, und murmelte etwas von Grabschändern und Leichenfledderern. Ich weigerte mich einfach, die Wahrheit zu akzeptieren.

„Ich merke, Sie sind noch immer nicht überzeugt. Also werde ich Ihnen noch einen Beweis liefern." Er ging zur Tür, und ich folgte ihm. Wir gingen hinaus, er schloß zu und übergab mir den Schlüssel. Dann bat er mich, die eine Hälfte des Friedhofs zu beobachten, er selbst wollte die andere bewachen. Ich setzte mich auf einen Stein und sah ihn gleich darauf zwischen den Bäumen und Büschen verschwinden.

Es wurde eine lange Wache. Ich hörte es zwölf und eins und zwei schlagen. Ich war durchfroren und niedergedrückt und ziemlich wütend auf den Professor, der mich zu einem so aberwitzigen Abenteuer verleitet hatte.

Da aber sah ich zwischen zwei dunklen Tannen etwas Weißes schimmern. Im selben Augenblick kam der Professor herbeigestürzt und lief der weißen Gestalt nach. Ich sprang auf und suchte mir stolpernd den Weg zu ihm. Jetzt schwebte die weiße Gestalt zur Gruft hin. Ein Rascheln verriet mir, wo der Professor war, und als ich dann vor ihm stand, sah ich, daß er ein kleines Kind in den Armen trug.

„Sind Sie jetzt endlich überzeugt?" fragte er mich flüsternd.

„Nein, wieso? Wo haben Sie das Kind gefunden? Ist es verletzt?"

„Das wird sich gleich herausstellen", entgegnete er.

Er trug das schlafende Kind zu einem geschützten Platz und untersuchte den Hals beim Schein eines Streichholzes. Nirgends war auch nur die kleinste Wunde oder Schramme zu entdecken.

„Na, und wer hat nun recht gehabt?" fragte ich triumphierend.

„Wir sind in letzter Minute gekommen und haben gerade noch das Schlimmste verhütet", erklärte der Professor.

Wir trugen das Kind zu einem Platz, wo die Polizei vorbeipatroullierte, und warteten, bis sie es entdeckt hatte. Wir hörten erstaunte Ausrufe, danach Hufgetrappel, und wußten, daß die Polizisten das Kind gefunden hatten.

29. September Trotz meiner Proteste brachte mich der Professor dazu, heute wieder auf den Friedhof zu gehen. Er wollte wieder zu Lucys Sarg, was mir völlig sinnlos erschien, denn schließlich hatten wir beide ja gesehen, daß er leer war. Aber ich mußte mich fügen.

Kurz vor zwölf Uhr mittags waren wir in der Gruft, wieder öffnete der Professor den Deckel – und ich fuhr zurück.

Dort lag Lucy, genauso schön wie im Leben, ja vielleicht noch schöner und blühender. Ihre Wangen waren rosig, ihre Lippen leuchtend rot.

„Brauchen Sie noch mehr Beweise?"

Mich überlief es kalt. Da schob der Professor Lucys Lippen hoch und entblößte die Zähne.

„Da, sehen Sie", flüsterte er, „sehen Sie diese spitzen Eckzähne! Damit beißt sie die kleinen Kinder."

Ich hätte mir am liebsten die Ohren zugehalten, ich wollte das alles nicht hören. Aber wie konnte Lucy so blühend aussehen, wo sie doch schon eine Woche lang tot war?

„Ja, mein lieber Jack", sagte der Professor, „ich weiß zwar recht viel über Vampire, Geister und Schwarze Magie, und doch wundert mich dieser Fall. Fest steht, daß Lucy von einem Vampir gebissen, daß ihr das Blut ausgesaugt wurde, während sie schlafwandelte oder schlief. So war sie eine leichte Beute, und das Monster kam wieder und immer wieder, um sich an ihrem Blut zu mästen. Auch als sie starb, war sie nicht bei Bewußtsein, und in eben diesem Zustand ist sie auch ein böser Geist, eine Wiedergängerin, ein Vampirweibchen. Üblicherweise sieht man solchen Monstern an, was für Ungeheuer sie sind. Aber dieses schöne Gesicht verrät so gar nichts Böses – deshalb fällt es schwer, das liebliche Geschöpf im Schlaf zu töten."

Seltsamerweise kam mir dieses Vorhaben nicht mehr ganz so schrecklich vor wie bisher. Bestimmt hatte der Professor recht. Wenn die wahre, liebreizende und gutherzige Lucy ohnehin längst tot war, dann war der Gedanke, dieses Ungeheuer, in das sie sich ja verwandelt hatte, zu töten, nicht mehr so grausig. Außerdem war es die einzige Möglichkeit, Lucy zu erlösen und ihr Frieden zu schenken.

„Aber wie soll das geschehen?" fragte ich beklommen.

„Das einzige Mittel, so einen Vampir zu töten, ist, ihm das Herz mit einem Pfahl zu durchbohren und ihn gleichzeitig an den Sarg festzunageln. – Aber, mein lieber Jack", fuhr er nach kurzer Überlegung fort, „wir können das nicht sofort tun. Wir dürfen nicht vergessen, daß eine sehr viel schwerere und wichtigere Aufgabe auf uns wartet. Wir müssen nämlich auch den Herrn aller Vampire, Lucys Verderber, finden und vernichten, und das schaffen wir beide nicht allein. Dazu brauchen wir Hilfe, und ich bin sicher, daß Jonathan dazu bereit ist. Aber wir müssen auch Arthur dafür gewinnen. Dazu aber müssen wir ihn erst davon überzeugen, welche Freveltaten hier verübt werden."

Er holte ein Kruzifix und eine Handvoll Knoblauchblüten und ein paar Oblaten, geweihte Hostien, aus der Tasche. Das Kruzifix legte er auf Lucys Lippen.

„Mit den zerkleinerten Blüten und der Hostie werde ich die Tür zur Gruft versiegeln, so daß Lucy heute nacht nicht hinaus kann, um aufs neue Kinder zu überfallen."

1. Oktober Professor van Helsing und ich trafen uns, wie verabredet, kurz vor zehn Uhr abends mit Arthur. Ohne Umschweife wandte sich der Professor an Arthur: „Ich habe ein dringendes Anliegen an Sie, Arthur. Ich möchte, daß Sie Jack und mich heute abend zum Friedhof in Hampstead begleiten."

Arthur starrte ihn verständnislos an.

„Dorthin, wo meine geliebte Lucy bestattet liegt?" fragte er ungläubig. „Ja, was sollen wir denn da?"

„Zu Lucys Sarg gehen", sagte der Professor kurz.

„In die Gruft hinein? Ist das Ihr Ernst, Herr Professor? Wozu denn bloß?"

„Um ihren Sarg zu öffnen", antwortete er ernst.

„Was? Nein, das geht zu weit!" schrie Arthur. „Ich bin

jedem vernünftigen Vorschlag zugänglich, aber das . . . das ist einfach eine Zumutung . . ." Er konnte vor Empörung kaum sprechen.

Der Professor sah ihn mitleidig an, legte ihm die Hand auf die Schulter und fuhr geduldig fort: „Arthur, Ihre Verlobte ist tot, nicht wahr? Also können wir ihr doch nicht mehr schaden. Sollte sie aber nicht tot sein . . ."

„Was meinen Sie damit?" rief Arthur. „Wollen Sie etwa andeuten, daß ein schrecklicher Irrtum begangen worden ist? Daß man Lucy lebendig begraben hat?" Stöhnend verbarg er sein Gesicht in den Händen.

„Aber, mein lieber Freund, so beruhigen Sie sich doch", sagte der Professor. „Ich habe keineswegs behauptet, daß Lucy noch lebt. Leider aber kann ich auch nicht beschwören, daß sie tot ist."

„Nicht tot?! Nicht lebendig?! Was reden Sie da eigentlich? Das ist ja alles Wahnsinn!" rief Arthur entsetzt.

„Es gibt Geheimnisse, für deren Aufklärung das Wissen von Generationen nötig ist. Ich habe diese Dinge lange studiert und weiß ein wenig darüber. Und darum darf und muß ich Sie fragen – gestatten Sie, daß wir das Herz Ihrer Lucy durchbohren?"

„Nein! Nein, niemals!" schrie Arthur außer sich. „Sie müssen den Verstand verloren haben! Nie im Leben gebe ich meine Einwilligung zu so einer Schändung!"

„Ja, dann muß ich Ihnen erklären, daß ich eine Pflicht zu erfüllen habe", entgegnete Professor van Helsing entschlossen. „Eine Pflicht, Ihnen und anderen gegenüber, aber auch eine Pflicht gegenüber der toten Lucy – und ich werde mich nicht daran hindern lassen! Ich bitte Sie also, nein, ich verlange von Ihnen, daß Sie mich heute nacht zu Lucys Sarg begleiten. Mehr nicht."

Um Viertel vor zwölf waren wir drei dann tatsächlich auf dem Friedhof – Arthur war mitgekommen. Es war eine dunkle Nacht, nur ab und zu schien der Mond hinter den Wolken hervor.

Der Professor schloß die Gruft auf, ging hinein, und Arthur und ich folgten ihm zögernd. Nachdem er die Tür von innen wieder verschlossen hatte, zündete er eine kleine Laterne an, wies auf den Sarg und fragte mich: „Jack, wir beide waren gestern mittag hier. Haben Sie Lucys Leiche in diesem Sarg gesehen?"

„Ja, das habe ich."

Der Professor wandte sich an Arthur und sagte: „Sie haben gehört, was Jack gesagt hat."

Wortlos holte er jetzt den Schraubenzieher hervor und öffnete den Sarg. Arthur war sehr blaß geworden, sagte aber nichts. Dann schlug der Professor den Sargdeckel zurück und winkte uns heran. Arthur und ich traten näher. Der Sarg war leer.

„Haben Sie sie von hier fortgeschafft?" fragte Arthur, der entsetzt zurückgewichen war, mit gepreßter Stimme.

„Ich schwöre Ihnen, daß ich die tote Lucy nicht einmal berührt habe", sagte der Professor. „Aber", fuhr er fort, „ich muß Ihnen das alles näher erklären, Arthur. Mein junger Kollege Jack und ich waren vor drei Nächten schon einmal hier, und auch da war der Sarg so leer wie jetzt. Auf dem Friedhof aber haben wir etwas Weißes, Geisterhaftes zwischen den Bäumen schweben sehen.

Doch als wir gestern mittag hier waren, lag Lucy in ihrem Sarg. Stimmt das, Jack?"

„Ja, das stimmt."

„In der erwähnten Nacht wurde dank unserer Umsicht das Leben eines Kindes gerettet. Nun bin ich letzte Nacht bis zum Sonnenaufgang hier gewesen, habe aber nichts Ungewöhnliches bemerkt. Und ich hatte es auch nicht erwartet, ich wollte mich nur vergewissern. Wie Jack weiß, hatte ich die Tür zur Gruft so versiegelt, daß ein Wiedergänger nicht hinaus kann. Nun habe ich heute früh die Tür wieder entsiegelt, und – der Sarg ist leer! Das alles habe ich nur Ihretwegen getan, Arthur. Ich habe damit zwar ein großes Risiko auf mich genommen, aber ich mußte es tun, um Sie zu überzeugen. So, und jetzt begleiten Sie mich bitte wieder hinaus."

Es war eine Befreiung, an die frische Luft zu kommen. Der Professor holte aus seiner Tasche eine kittähnliche Masse und verklebte damit alle Ritzen der Pforte.

„So, jetzt kann kein Unhold, kein Gespenst in die Gruft", erklärte er.

Arthur und ich standen stumm da. Auf dem Friedhof herrschte Totenstille. Schließlich hörten wir einen leisen Ausruf des Professors. Er wies auf einen von Wacholderbüschen gesäumten Pfad. Dort war eine verschwommene, weiße Gestalt aufgetaucht, die etwas Dunkles im Arm hielt.

Die weiße Gestalt näherte sich, und da erkannten wir, daß es Lucy war. Es war Lucy, aber sie war es auch wieder nicht, denn ihre liebliche Schönheit hatte sich in abstoßende Grausamkeit verwandelt.

Der Professor stellte sich vor die Pforte, und wir beide traten neben ihn. Dann hob er die Laterne, und im Lichtschein sahen wir, daß Lucys Lippen rot waren von frischem Blut. Ein schmales Rinnsal war über ihr Kinn gelaufen und hatte ihr Leichenhemd befleckt.

Wir alle erstarrten vor Grauen. Arthur war einer Ohnmacht nahe.

Als Lucy uns erblickte, fuhr sie mit einem bösen Zischen zurück, und ihre Augen sprühten in einem höllischen Zorn. Dieses Wesen war hassenswert und verabscheuungswürdig. Die ganze Zeit über hielt sie ein Kind an die Brust gedrückt, das sie jetzt mit einem bösen Knurren einfach auf den Rasen warf. Das Kind schrie auf und wimmerte dann.

Jetzt näherte sich Lucy ihrem einstigen Verlobten mit ausgebreiteten Armen und einem widerlichen Lächeln auf den Lippen.

„Komm zu mir, Arthur", keuchte sie heiser. „Laß die andern, komm zu mir, mein Geliebter! Ich sehne mich nach dir!"

Wie verhext starrte Arthur sie an und wollte schon auf sie zustürzen, doch da warf sich der Professor mit hocherhobenem goldenem Kruzifix zwischen die beiden. Mit wutverzerrtem Gesicht wich Lucy zurück und glitt dann auf den Eingang der Gruft zu.

Dort aber blieb sie, wie von unbezwinglicher Macht gebannt, stehen, fuhr dann herum und starrte uns haßerfüllt an.

„Nun, Arthur, antworten Sie mir jetzt", brach der Professor das Schweigen. „Darf ich meine Pflicht erfüllen?"

Arthur fiel auf die Knie und barg das Gesicht in den Händen. „Tun Sie, was Sie für richtig halten", stieß er gepreßt hervor. „Nichts kann grauenvoller sein als dies hier."

Sofort setzte der Professor die Laterne ab und entfernte die geweihte Masse, mit der er die Tür abgedichtet hatte.

Im selben Augenblick, als er beiseite trat, sahen wir Lucys Gespenst durch die Ritzen gleiten. Mit erleichtertem Aufatmen beobachteten wir den Professor, als er die Tür wieder abdichtete. Er ging zu dem Kind, hob es auf und sagte: „Kommen Sie jetzt, meine Freunde, unsere Aufgabe werden wir morgen erfüllen, denn zunächst müssen wir uns um das Kind kümmern. Wir legen es an einen Ort, wo die Polizei es findet. Dort abliefern können wir es nicht, denn Sie wissen so gut wie ich, daß unser Tun hier ungesetzlich ist."

2. *Oktober* Um zwölf Uhr mittags trafen Arthur und ich uns mit dem Professor und gingen zum Friedhof. Statt seiner üblichen Arzttasche trug der Professor jetzt ein längliches Lederetui, dessen Inhalt recht schwer zu sein schien.

Er entfernte die Abdichtung, öffnete die Pforte, schloß sie hinter uns wieder ab und entzündete die Laterne.

Dann hob er den Sargdeckel. Darin lag eine Leiche.

„Ja, aber ist das denn wirklich Lucy?" fragte Arthur, der zitternd neben mir stand. „Oder ist das nur ein Wesen, das ihre Gestalt angenommen hat?"

„Sie ist es, und sie ist es auch wieder nicht", antwortete

der Professor. „Aber, mein lieber Arthur, nur Geduld, bald sehen Sie Lucy wieder so, wie sie einmal war."

Das unheimliche Wesen im Sarg hatte spitze Zähne, und um den blutverschmierten Mund lag ein grausames Lächeln. Und doch war es Lucy!

Jetzt öffnete der Professor sein Lederetui und nahm einen hölzernen Pfahl hervor, der an einem Ende zugespitzt war. Daneben legte er einen Schmiedehammer.

„Bevor wir uns an das schwere Werk machen, muß ich Ihnen, Arthur, noch etwas erklären. Solche Unseligen wie Lucy finden keinen Frieden. Sie haben selber gesehen, daß sie ruhelos weiterlebt und die Schar ihrer Opfer ständig vergrößert. Hätte Lucy Sie gestern abend geküßt, wären auch Sie nach Ihrem Tode ein Unseliger geworden, ein gespenstischer Wiedergänger, der die Menschen mit Grausen erfüllt. Die kleinen Kinder aber, deren Blut Lucy getrunken hat, sind noch nicht verloren. Ihre Wunden werden heilen, und sie werden alles vergessen. Eins aber ist gewiß", sagte er eindringlich, „erst wenn wir unser Werk vollbracht haben, ist die arme Lucy, die wir alle geliebt haben, wirklich tot und findet ihren Frieden. Und da dies eine gute Tat ist, frage ich Sie, Arthur, ob Sie ihr nicht die ewige Ruhe verschaffen wollen."

Mit kreideweißem Gesicht trat Arthur näher.

„Ja, das will ich", sagte er leise und gefaßt. „Sagen Sie mir nur, was ich zu tun habe, und ich verspreche, Sie nicht zu enttäuschen."

„Sie sind ein tapferer Mann, mein Freund", sagte der Professor. „Es wird unendlich schwer für Sie sein, aber ich verspreche Ihnen, daß Sie es nicht bereuen werden."

„Zeigen Sie mir, was ich tun muß!" stieß Arthur gepreßt hervor.

Der Professor zeigte es ihm, und Arthur ergriff den Pfahl und den Hammer. Ohne zu zögern, setzte er die Spitze des Pfahls auf Lucys Brust, genau über dem Herzen, drückte den Pfahl hinein und schlug mit dem Hammer zu.

Das Wesen im Sarg bäumte sich auf und stieß einen gräßlichen Schrei aus. Der Körper wand sich in wilden Krämpfen.

Aber Arthur ließ sich nicht beirren. Entschlossen schwang er den Hammer, und der Pfahl wurde tiefer und tiefer hineingetrieben, bis er im Holz des Sargbodens steckenblieb.

Jetzt regte sich das Wesen nicht mehr, aber Arthur war am Ende seiner Kraft. Der Hammer fiel ihm aus der Hand, und er wankte. Er hatte das grausige Werk vollbracht, hatte sein Wort gehalten.

Als wir danach wieder an den Sarg traten, um ihn zu schließen, trauten wir unseren Augen nicht. Dort im Sarg lag Lucy, so wie wir sie zu Lebzeiten gekannt hatten, genauso lieblich, so rein und schön. Auf Arthurs Gesicht verbreitete sich ein glückseliger Schimmer, und er beugte sich über sie und küßte sie. Diesmal machte der Professor keinen Versuch, ihn daran zu hindern.

Nachdem der Sarg wieder verschlossen war, verließen wir die Gruft.

„Ein Wort noch", sagte der Professor, als wir draußen standen. „Uns bleibt noch eine größere und weit schwerere Aufgabe. Jetzt gilt es, das Monster zu finden und zu vernichten, das all dieses Furchtbare verschuldet hat. Wie stark und listig Dracula ist, weiß ich, und bedenken Sie, daß das Blut, das wir für die arme Lucy gespendet haben, seine Kräfte noch vervielfältigt hat. Uns steht also eine schwere Aufgabe bevor, ein Weg voller Leiden und voller Gefahren liegt vor uns. Sind Sie, meine jungen Freunde, bereit, mir zu helfen?"

Arthur und ich versprachen es und gaben dem Professor die Hand darauf.

Minas Tagebuch

5. Oktober Auf Bitten des Professors haben wir uns heute alle in Jacks Wohnung im Krankenhaus getroffen. Das heißt, Jonathan und ich, Arthur, Jack und der Professor. Jeder hatte einen Stapel Papiere vor sich. Es waren Kopien der Reinschrift, die ich von Lucys, Jonathans, Jacks und meinem eigenen Tagebuch mit der Maschine geschrieben hatte.

Der Professor ergriff das Wort: „Ich darf voraussetzen, daß Sie alle, meine lieben Freunde, die Aufzeichnungen gelesen haben, und möchte Ihnen, bevor wir nun den Kampf gegen das größte Monster beginnen, erst von meinen Forschungen berichten. Danach können wir gemeinsam besprechen, wie wir es anstellen wollen, dieses Scheusal zu fangen und zu vernichten.

Es gibt Wesen, die man Vampire nennt, und Graf Dracula ist so ein Wesen. Vampire sind seit alten Zeiten bekannt, es hat sie früher gegeben, und es gibt sie noch, in allen Ländern. Dieser Dracula aber ist der Herrscher aller Vampire und bereits in alten Schriften erwähnt. Sie wissen, daß er noch heute lebt! Wie kann das sein? Nun, ein Vampir stirbt nicht, solange er sich von dem Blut eines lebenden Menschen ernähren kann. Dann lebt er unbegrenzt weiter, ja er verjüngt sich sogar, wenn er diesen Lebenssaft reichlich erhält. Andere Nahrung braucht er nicht, er ißt und trinkt also nicht wie gewöhnliche Menschen. Jonathan hat wochenlang bei ihm gewohnt, aber nie gesehen, daß er etwas zu sich nahm. Typisch für so einen Vampir ist ferner, daß er keinen Schatten wirft und kein Spiegelbild hat – und auch das hat Jonathan beobachtet. Der Urvampir, Graf Dracula, ist stark wie zwanzig Männer, was Jonathan gleichfalls bei mehreren Gelegenheiten staunend bemerkt hat. Außerdem kann er sich verwandeln, und zwar in verschiedene Tiere. Der Hund, der von dem mysteriösen Segelschiff in Whitby sprang, war niemand anders als Dracula. Madame Mina und auch die arme, verstorbene Lucy haben ihn als Fledermaus gesehen. Aber ein Vampir kann auch als Nebel, als feiner Staub in ein Zimmer dringen, was sowohl Lucy in ihrem Tagebuch bezeugt als auch Jonathan gesehen hat. Ein Vampir ist auch Herr über einige Nachttiere, wie Eulen, Fledermäuse und Wölfe. Aber er hat auch Schwächen. Seine Freiheit ist nämlich begrenzt, denn sobald die Sonne aufgeht, verläßt ihn seine Kraft. Im Augenblick des Sonnenuntergangs und des Sonnenaufgangs ist er jedoch besonders stark und mächtig.

Nun gibt es gewisse Dinge, die ein Vampir fürchtet oder nicht ertragen kann, und dazu gehören Knoblauch, Hostien und das Kruzifix. Es gibt nur zwei Arten, einen Vampir zu vernichten. Entweder treibt man ihm, während er im Sarg liegt, einen Pfahl durch das Herz und nagelt ihn damit fest oder – und das ist freilich ein grausiges Mittel – man schneidet ihm den Kopf ab. In beiden Fällen aber erlöst man den Vampir und schenkt ihm ewigen Frieden.

Und jetzt wollen wir besprechen, was zu tun ist. Jonathan hat erfahren, daß die fünfzig mit Erde gefüllten Kisten in Graf Draculas Haus in Purfleet abgeliefert worden sind. Inzwischen haben wir aber herausgefunden, daß er mehrere Kisten weggeschafft hat, in andere Häuser. Als erstes müssen wir also untersuchen, ob im Purfleeter Haus überhaupt noch Kisten stehen, oder ob inzwischen alle von dort verschwunden sind."

In diesem Augenblick klatschte etwas gegen die Fensterscheibe. Arthur und ich liefen hin und sahen eine große Fledermaus, die zum Wald zurück flatterte.

„Ja . . ., wo war ich stehengeblieben?" fragte der Professor nach der Unterbrechung. „Ach so. Also meiner Ansicht nach müssen wir vor allem feststellen, wo die Kisten geblieben sind, denn wir können das Monstrum nur fangen, wenn es in einer Kiste liegt. Oder aber wir müssen die Erde darin weihen, so daß es während des Tages dort nicht länger Schutz findet."

Jetzt wandte sich der Professor an mich und sagte: „Madame Mina, Ihre Aufzeichnungen sind uns sehr wertvoll gewesen. Aber ab heute werden wir Sie in unser Vorhaben nicht mehr hineinziehen. Es ist besser für Sie. Doch wir alle versprechen Ihnen, daß Sie nach einem glücklichen Ausgang alles erfahren werden."

Offen gestanden war ich ganz froh darüber. An diesem Abend verabschiedete ich mich gleich, um zu Bett zu gehen. Jack hatte im Krankenhaus für Jonathan und mich ein Gästezimmer bereitgestellt.

Jonathans Tagebuch

5. *Oktober*   Wir vier machten uns auf die Jagd nach den Kisten, und ich bin froh, daß Mina da rausgehalten wird.

Gegen Abend fuhren wir zu dem Haus in Purfleet. Arthur hatte seine Jagdhunde, drei Terrier, mitgebracht, was ich höchst unnötig fand. Die Haustür war verschlossen. Der Professor reichte Jack und mir je ein Kruzifix, das wir auf der nackten Brust tragen sollten, gab uns ein paar Abendmahlsoblaten und Knoblauchblüten, und außerdem hatte er für jeden einen Dolch und einen Revolver mitgebracht für den Fall, daß wir auf gewöhnliche sterbliche Feinde trafen. Danach holte Jack ein Bündel Dietriche aus der Tasche und fand auch bald einen, der zum Schloß paßte. Die schwere Tür öffnete sich knarrend. Wir gingen hinein, zündeten die mitgebrachten Laternen an und machten uns auf die Suche nach den Kisten. Mir war sehr unbehaglich zumute, und ich wurde das Gefühl nicht los, daß wir nicht allein im Haus waren. Auch die andern zuckten bei jedem Geräusch zusammen und sahen sich erschrocken um.

Überall lag dicker Staub, und in allen Ecken hing Spinngewebe. Auf einem Tisch in der Halle lag ein großes Schlüsselbund mit vergilbten Etiketten. Es war deutlich zu sehen, daß die Schlüssel häufig benutzt worden waren, denn die Staubschicht auf dem Tisch zeigte überall Spuren.

Der Professor bat mich, ihm den Weg zu der alten Kapelle zu zeigen, da ich ja als einziger den Grundriß des Hauses kannte.

Ich fand den Weg dorthin auch mühelos. Nachdem wir die Tür der Kapelle geöffnet hatten, schlug uns ein so furchtbarer Leichengestank entgegen, daß wir kaum atmen konnten. Es dauerte eine Weile, bis wir unsere Übelkeit so weit überwunden hatten, daß wir diesen unheimlichen Ort untersuchen konnten.

„Zuerst müssen wir die Kisten zählen, die noch hier sind", sagte der Professor. „Später müssen wir versuchen herauszubekommen, wo die fehlenden geblieben sind."

Die großen, sargähnlichen Kisten waren schnell gezählt. Von den fünfzig, die Dracula hatte verfrachten lassen, standen nur noch neunundzwanzig in der Kapelle.

Plötzlich wandte Arthur sich um und starrte erschrocken zur Tür. Als ich mich gleichfalls umdrehte, kam es mir vor, als hätte ich dort im Dunkeln das Gesicht des Grafen gesehen. Mit erhobener Laterne stürzte ich in den Gang hinaus, aber er war leer. Nach einer Weile bemerkten wir alle, daß sich etwas auf dem Fußboden bewegte. Es waren leuchtende Punkte, die hin und her huschten und näher kamen. Es waren die Augen von Ratten! Sie rannten von allen Seiten herbei, plötzlich wimmelte die ganze Kapelle von diesen widerwärtigen Tieren.

Als ob Arthur darauf vorbereitet gewesen wäre, holte er eine kleine Pfeife aus der Tasche und pfiff ein gellendes Signal. Gleich darauf kamen die drei Terrier lebhaft bellend angelaufen. Zunächst machten sie an der Schwelle halt, hoben die Schnauzen und jaulten jämmerlich. Erst als Arthur zum zweitenmal pfiff, stürzten sie herbei. Und es dauerte nicht lange, da lagen nur noch tote Ratten auf dem Fußboden. Die meisten aber waren durch die Ritzen verschwunden, durch die sie gekommen waren.

Wir lockten die Hunde mit hinaus, schlossen die Tür der Kapelle und durchsuchten das übrige Haus. Es war leer.

Als wir endlich wieder draußen waren, begann es schon zu tagen.

„Im ganzen war es eine geglückte Expedition", stellte der Professor fest. „Dracula hat uns nichts anhaben können, auch wenn er uns die Ratten geschickt hat. Seine Kraft ist jetzt bei Tagesanbruch schon geschwächt, so daß Arthurs Hunde die Ratten verjagen konnten. Und jetzt, meine lieben Freunde, brauchen wir alle ein wenig Schlaf."

Ich kehrte mit Jack ins Krankenhaus zurück und schlich leise in das Gästezimmer, wo Mina schlief. Sie sah sehr blaß und elend aus, und ich bin wirklich froh darüber, daß sie in nächster Zeit von allem, was mit Dracula zu tun hat, verschont bleibt.

Minas Tagebuch

6. *Oktober*   Gestern abend konnte ich nicht gleich einschlafen, denn es ängstigt mich doch sehr, daß Jonathan
an der Jagd auf Dracula teilnimmt. Schließlich bin ich
wohl doch eingenickt, denn ich wurde durch Hundegebell
geweckt. Die Stille, die darauf folgte, schien mir noch unheimlicher, und ich stand auf und sah aus dem Fenster.
Auf dem Boden lag dichter Nebel, und mir schien, als ob
er näher ans Haus herankrieche. Ja, ich hatte sogar das
Gefühl, diese grauen Schwaden versuchten die Mauer
hinaufzuklettern.

Mir schauderte, und ich ging schnell wieder in mein
Bett zurück, zog die Decke über den Kopf und sagte mir,
daß das alles nur Einbildung sei. Dann habe ich doch tief
geschlafen, denn bei Tagesanbruch weckte mich Jonathan,
der erst so spät zurückkam.

Mit einemmal stand mir wieder mein Traum vor
Augen. Aber war es überhaupt ein Traum gewesen? Jedenfalls hatte ich die Vorstellung gehabt, das Fenster sei
offengeblieben, und ich wollte aufstehen – aber ich
konnte mich nicht rühren.Und als ich zum Fenster starrte,
sah ich, daß der Nebel ganz hinaufgezogen war und daß er
sogar durch die Fensterritzen kam, ja im ganzen Zimmer
herumwirbelte. In dem Augenblick fiel mir Jonathans
Erlebnis im Schloß Dracula ein. Auch er hatte ja diesen
seltsamen, wirbelnden Staub gesehen.

Bald war der Nebel so dicht geworden, daß meine kleine Nachttischlampe nur als matter roter Punkt in dem Grau schimmerte. Dann war es mir vorgekommen, als würden aus diesem Punkt zwei Punkte, zwei glühende Augen, die mich anstarrten. Mehr weiß ich nicht. Entweder verschwand dieser Traum, oder ich bin vielleicht ohnmächtig geworden.

7. *Oktober* Schlief heute nacht traumlos, war aber nach dem Erwachen sehr matt und niedergeschlagen. Die Müdigkeit und Melancholie hat mich den ganzen Tag nicht verlassen. Ich will Jack bitten, mir ein Schlafmittel zu geben. Aber dann fragt er mich vielleicht aus, und ich möchte nichts von meinen Alpträumen erzählen, weil ich weiß, daß Jonathan sich dann Sorgen macht.

Jonathans Tagebuch

7. *Oktober* Ich habe den Fuhrmann ausfindig gemacht, der die Kisten aus Draculas Haus geschafft hat. Er erinnerte sich sehr gut daran, konnte mir aber selbst anhand seines Notizbuches nicht sagen, wohin er sie gebracht hat. Das eine nur wußte er genau, zu jeder Adresse hatte er sechs Kisten gefahren. Dann fiel ihm ein – vielleicht half ein Geldschein seinem Gedächtnis auf die Sprünge –, daß er schon vor längerer Zeit neun Kisten nach Piccadilly verfrachtet hatte.

„Aber wohin denn da?" fragte ich.

„Das, mein Herr, habe ich vergessen. Ich weiß nur noch, daß das Haus nahe bei der Kirche lag und genauso alt und verfallen war wie das in Purfleet. Ach ja, die Kisten waren verteufelt schwer, glauben Sie mir. Solch Frachtgut habe ich noch nie gehabt. Aber der Mann, bei dem ich die Sachen abgeholt habe, hat mir beim Aufladen geholfen. Meiner Seel, einen stärkeren Kerl als den hab ich noch nie erlebt. Dabei war er schon so alt und klapprig, daß er kaum einen Schatten warf."

Mich überlief es kalt, denn nach dieser Beschreibung konnte es nur Graf Dracula gewesen sein. Das aber hieß, daß unsere Aufgabe drängte, denn wenn die Kisten in ganz London verteilt waren, konnte er in jedem Stadtteil sein Unwesen treiben.

Ich fuhr nach Piccadilly, und es glückte mir wirklich, das Haus zu finden. Es schien schon lange leer zu stehen, denn die Fenster waren schmutzig und die Eisengitter verrostet.

Ein Straßenkehrer, der mich dort stehen sah, erzählte mir, das Haus sei erst vor kurzem verkauft worden. Er konnte mir sogar die Maklerfirma nennen, denn vor dem Haus hatte lange ein Schild mit dem Namen gehangen.

Als ich ins Krankenhaus zurückkam, saßen die anderen vor dem Kaminfeuer und unterhielten sich, nur Mina war schon zu Bett gegangen. Ich erzählte von meinen Nachforschungen.

„Nicht übel", sagte der Professor. „Gelingt es uns, alle verschwundenen Kisten aufzuspüren, dann ist das Ende unserer Arbeit abzusehen. Aber wir müssen alle finden, keine einzige darf unentdeckt bleiben. Die nächste Frage lautet nun: Wie kommen wir in das Haus in Piccadilly?"

„Ich kenne jemand, der bei der Maklerfirma arbeitet, die der Straßenkehrer genannt hat", sagte Arthur. „Vielleicht kann er mir einen Schlüssel besorgen, sonst müssen wir es wieder mit einem Dietrich versuchen. Nur ist das in Piccadilly viel schwieriger, weil dort auch nachts starker Verkehr ist."

Als ich in unser Gästezimmer kam, schlief Mina schon tief. Sie sah aber beängstigend blaß, ja fast abgezehrt aus. Wir haben beschlossen, daß sie morgen nach Hause fährt, es wird ihr guttun, wieder in Exeter und ihrer gewohnten Umgebung zu sein.

Jacks Tagebuch

9. Oktober Auch wenn es mir schwerfällt, will ich all das Gräßliche aufschreiben, das gestern nacht geschehen ist. Auf einem Abendspaziergang hatte Arthur erzählt, daß er Pferde besorgt habe, die wir auf unserer Suche nach den Kisten bestimmt brauchen würden. Wir hatten beschlossen, die Erde in den Kisten zu weihen und damit für Dracula unbrauchbar zu machen. Als wir ins Krankenhaus zurückkehrten, kam uns eine Schwester entgegengelaufen.

„Schnell, Herr Doktor!" rief sie. „Kommen Sie schnell ins Gästezimmer. Ich habe Mrs. Harker schreien hören, und es klang entsetzlich! Aber ich konnte ihr nicht zu Hilfe kommen, denn die Tür ist von innen verschlossen.

Ich habe geklopft und gerufen, aber niemand hat mir aufgemacht oder geantwortet . . .“

Wir stürzten die Treppen zum Gästezimmer hinauf. Ja, die Tür war verschlossen, und von innen war kein Laut zu hören.

„Hier“, sagte der Professor und drückte mir ein Kruzifix in die Hand und gab Arthur ein paar Knoblauchblüten. „Ich behalte die Hostie. Diese Dinge habe ich jetzt stets bei mir, und Sie sehen, wie nötig es ist.“

Mit vereinten Kräften schlugen wir die Tür ein. Das Zimmer lag im hellen Mondschein. Wir erstarrten vor Entsetzen.

Auf dem Bett am Fenster lag Jonathan schwer röchelnd und bewußtlos. Mina selbst kniete in ihrem weißen Nachthemd vor ihrem Bett – und neben ihr stand ein großer, hagerer Mann in einem schwarzen Umhang. Wir wußten, wer es war – Dracula!

Mit der einen Hand hatte er Minas Arme nach hinten gedreht, und mit der anderen hielt er sie am Nacken gepackt und preßte ihr Gesicht an seine Brust. Wir sahen Blut an seiner Brust, seine Jacke war aufgerissen, und auch Minas Nachthemd war blutbefleckt. Dieses Monster hatte sich durch das Bersten der Tür nicht stören lassen, aber als wir nach den ersten Schrecksekunden zu ihm und Mina eilten, flammten seine Augen vor Wut, und er fletschte seine spitzen Raubtierzähne. Mit einem gurgelnden Laut schleuderte er sein Opfer auf das Bett und wollte sich auf uns stürzen. Da aber hielt ihm der Professor die Hostie entgegen, und Dracula blieb gebannt stehen – genauso wie Lucy damals vor dem Eingang zur Gruft. Als Arthur und ich ihm Kruzifix und Knoblauchblüten entgegenstreckten, wich er zurück.

Plötzlich verdunkelte eine Wolke den Mond, und wir konnten nichts mehr sehen. Als wir in aller Eile die Nachttischlampe entzündeten, war Dracula verschwunden. Wir sahen nur noch einen feinen Nebelschwaden durch die Fensterritzen gleiten.

Jetzt schrie Mina auf. Es war ein durchdringender Entsetzensschrei. Danach lag sie leichenblaß und reglos da und starrte uns mit weit offenen, irren Augen an. Ihr Gesicht war blutverschmiert. Dann begann sie zu wimmern. Und ich weiß nicht, was schrecklicher war, dieses leise, verzweifelte Wimmern oder ihr furchtbarer Schrei.

Der Professor fing sich als erster und legte eine Decke über sie. Ich lief zum Waschtisch, feuchtete ein Handtuch an und rieb Jonathan Gesicht und Brust ein, damit er zu sich kam. Als er endlich erwachte, war er noch benommen, und erst ein Blick auf Mina brachte ihn in die Wirklichkeit zurück. Er sprang auf und lief zu ihr.

„O Gott, was ist passiert?" rief er. „Mina! Du bist ja voll Blut! O mein Gott, nein! Ist es schon so weit gekommen!" Er zog sich mit fieberhafter Hast an und stammelte: „So sag doch, was geschehen ist! Wie konnte das passieren? Bleibt ihr hier bei Mina! Es kann nur Dracula gewesen sein. Er war hier, und ich muß ihm nach!"

„Nein, Jonathan!" rief Mina, sich selbst vergessend. „Geh nicht fort von mir! Er wird dich vernichten! Bleibe bei mir, ich flehe dich an!"

„Ruhig, meine Freunde", sagte der Professor. „Eure Beschützer sind bei euch, und solange wir unsere Talismane haben, kann uns nichts Böses geschehen."

Jonathan nahm Mina in seine Arme, und als er dann den Kopf hob, war auch er blutverschmiert. Die beiden Wunden an Minas Hals waren offen, und Blut sickerte daraus hervor. Als sie es nun entdeckte, schlug sie die Hände vors Gesicht und jammerte verzweifelt. „Ich bin unrein geworden! Ich bin eine Verlorene! Nie wieder darf ich Jonathan berühren, den Menschen, den ich über alles in der Welt liebe. Jetzt bin ich ein Geschöpf, das er fürchten und verabscheuen muß."

„Unsinn, Mina", sagte Jonathan sehr energisch. „wie kannst du so etwas sagen! Du weißt, daß ich dich liebe, und daran kann keine Macht auf Erden etwas ändern, selbst Graf Dracula nicht."

Jonathan hatte ruhig und besonnen gesprochen und bat uns jetzt, den genauen Hergang des Ganzen zu schildern.

Als er auch Mina aufforderte, alles zu erzählen, schüttelte sie zuerst den Kopf, nahm sich dann aber zusammen und sprach stockend und mit zitternder Stimme: „Ich hatte das Schlafmittel eingenommen, das mir Jack gegeben hatte, und bin auch bald eingeschlafen. Irgendwann aber bin ich aufgewacht, und da sah ich weiße Nebelschwaden im Zimmer. Das machte mir Angst, aber noch mehr Angst machte mir, daß ich das bestimmte Gefühl hatte, außer Jonathan und mir ist noch jemand im Zimmer. Ich wollte Jonathan wecken – aber ich konnte mich nicht rühren.

Ganz plötzlich stand ein großer, hagerer Mann mit schwarzem Umhang an meinem Bett. Und ich wußte, das ist Dracula! Ich wollte schreien, brachte aber keinen Laut über die Lippen, und ich wollte fliehen, konnte mich aber nicht von der Stelle bewegen. Der Graf zeigte auf Jonathan. ,Bei dem geringsten Laut zertrümmere ich ihm den Schädel mit der bloßen Faust, und das vor deinen Augen!'

Dann packte er meine Arme, drehte sie auf den Rücken, zerriß mir das Nachthemd am Hals und stieß heiser hervor: ,Ich tue es sowieso, aber erst muß ich mich stärken. Es ist ja nicht das erstemal, daß ich meinen Durst mit deinem Blut stille!'

Er preßte seinen widerlichen Mund an meinen Hals, und ich fühlte, wie alle Kraft mich verließ. Als er endlich seinen stinkenden Rachen von meinem Hals nahm, sah ich frisches Blut aus seinen Mundwinkeln tropfen. Dann grinste er teuflisch, und da bemerkte ich, daß auch seine spitzen Zähne rot von Blut waren.

,Und du willst mich vernichten!' zischte er. ,Du willst diesen Männern bei ihrer Jagd auf mich helfen und meine Pläne durchkreuzen! Jetzt weißt du, wie es dem ergeht, der mir zu trotzen versucht. Dafür bekommst du jetzt deine Strafe! Von nun an wirst du zu mir eilen, sobald ich es dir befehle! Wenn ich rufe „Komm" wirst du dich nicht widersetzen können.'

Er riß sein Hemd auf und kratzte sich mit seinen langen, spitzen Nägeln eine blutige Schramme auf die Brust. Als das Blut hervorsickerte, preßte er meinen Mund dagegen. Ich war drauf und dran zu ersticken, und mir blieb keine Wahl, ich rang nach Luft, mußte schlucken, mußte sein Blut trinken. O mein Gott!"

Sie fiel zurück auf ihr Bett und schluchzte herzzerrei-

116

ßend. Als jetzt die ersten Strahlen der Morgensonne durch das Fenster fielen, sahen wir, daß Jonathans Haar in dieser Nacht schneeweiß geworden war.

Jonathans Tagebuch

10. Oktober   Ich schreibe in mein Tagebuch, um meine Gedanken zu ordnen, denn sonst verliere ich den Verstand. Nach dieser Schreckensnacht gab der Professor Mina eine Beruhigungsspritze, legte ihr ein Kruzifix um den Hals und verteilte überall Knoblauchblüten und Hostien, die sie vor allen bösen Geistern schützen sollten.

Danach trafen wir uns in Jacks Arbeitszimmer, und der Professor ergriff das Wort: „Es war gut, daß wir die Kisten in dem Haus in Purfleet nicht angerührt haben. Wahrscheinlich ahnt Dracula nicht einmal, daß wir die Mittel haben, die Erde darin zu weihen und für ihn unbrauchbar zu machen."

Wir kamen überein, uns zunächst die Kisten in Purfleet vorzunehmen, danach die in Piccadilly. Wie wir die Adressen der beiden anderen Häuser, wo ja ebenfalls Kisten standen, herausfinden sollten, ahnten wir freilich nicht.

Der Professor mahnte zum sofortigen Aufbruch, aber ich protestierte, weil ich Mina nicht allein lassen wollte. Da der Professor aber beteuerte, daß sie jetzt sicher sei, und Jack außerdem eine Krankenschwester für sie bestellt hatte, ließ ich mich überreden.

Wir fuhren nach Purfleet und kamen diesmal mühelos ins Haus, da der Professor beim vorigen Mal einfach den Schlüssel mitgenommen hatte. In der alten Kapelle machte er sich sofort daran, den Deckel der ersten Kiste mit Schraubenzieher und Brecheisen zu öffnen.

Dumpfer Modergeruch schlug uns daraus entgegen, aber unberührt davon nahm der Professor eine Hostie aus der Tasche, drückte sie in die Erde und machte das Zeichen des Kreuzes darüber. Wir schraubten den Deckel wieder zu und machten uns an die übrigen Kisten. Alles geschah natürlich in größter Eile, denn jede Minute war kostbar.

Das Haus in Piccadilly war verschlossen, und leider war es Arthur nicht geglückt, einen Schlüssel zu besorgen. Da sich das Schloß auch nicht mit einem Dietrich öffnen ließ, machte sich Arthur auf den Weg zu einem Schlosser. Bald darauf kam er mit dem Handwerker wieder, dem es mit ein paar Griffen gelang, die Tür zu öffnen. Damit er keine unerwünschten Fragen über unser Eindringen stellte, entlohnte Arthur ihn fürstlich.

Auch in diesem Hause roch es dumpf und modrig, und es war genauso verkommen wie das in Purfleet. Schließlich fanden wir die Kisten im Eßzimmer – aber es waren nur acht, nicht neun, wie der Fuhrmann uns gesagt hatte. Also hatten wir auch noch die fehlende Kiste aufzuspüren! In großer Eile machten wir uns ans Werk und weihten die Erde. Bevor wir das Haus verließen, entdeckten wir auf einem Schreibtisch einen Stapel Papiere. Auf dem obersten Bogen standen die Adressen der beiden anderen von uns gesuchten Häuser. Auch Tinte und Federhalter lagen dort, und Arthur schrieb die Adressen ab. Dann suchten wir aus dem großen Schlüsselbund mit Etiketten, das auf dem Tisch lag, die passenden Schlüssel heraus, und Arthur und ich machten uns auf den Weg dorthin, um die restlichen Kisten für Dracula unbenutzbar zu machen – bis auf die eine, die fehlte!

Jacks Tagebuch

10. Oktober   Die Wartezeit im Haus in Piccadilly war beklemmend lang. Endlich klopfte es an die Tür. Arthur und Jonathan kamen zurück.

„Alles ist gutgegangen", berichtete Arthur. „Wir haben alle Kisten gefunden und das getan, was nötig war. Was machen wir jetzt? Wollen wir ihm hier bis nach Sonnenuntergang auflauern? Was meinen Sie, Herr Professor?"

„Mein lieber Arthur, Sie vergessen ja die fehlende Kiste", sagte der Professor.

„Aber wir können nicht länger als bis gegen fünf bleiben", protestierte Jonathan. „Nach Sonnenuntergang lasse ich Mina keinesfalls allein."

„Aber, mein lieber Jonathan, Mina ist in Sicherheit. Im übrigen ist die Sonne gerade untergegangen", sagte der Professor und hob plötzlich lauschend den Kopf. „Da! Psst!"

Wir hörten, wie sich ein Schlüssel im Türschloß drehte,

und standen in atemloser Spannung da. Stumm gab uns der Professor zu verstehen, wo wir uns hinstellen sollten, und schnell und leise bezogen wir Posten. Dann warteten wir, zitternd vor Aufregung.

Draußen in der Halle erklangen jetzt schwere Schritte. Unversehens wurde dann die Tür zum Eßzimmer aufgerissen, und Dracula kam mit einem Riesensatz wie ein Raubtier hereingesprungen.

Als erster gewann Jonathan die Fassung wieder. Er rannte zur Tür und schlug sie zu. Draculas Gesicht verzerrte sich, er bleckte die spitzen Eckzähne und stieß ein wütendes Zischen aus. In geschlossener Front gingen wir auf ihn zu, wobei ich mich aber bange fragte, was wir nun tun sollten, denn das hatten wir nicht abgesprochen.

Aber schon hatte Jonathan ein Messer hervorgeholt und zielte mit hocherhobener Hand auf den Grafen. Blitzschnell warf sich Dracula zur Seite, und das Messer schlitzte nur seinen Mantel auf, aus dem Goldmünzen und ganze Bündel von Banknoten fielen.

Wir drei anderen schritten jetzt mit erhobenen Kruzifixen auf das Ungeheuer zu, das langsam zurückwich. Gleich darauf bückte sich Dracula, raffte alles Geld an sich und stürzte mit einem Satz durch die Fensterscheibe hinaus. Ein wahrer Scherbenregen fiel klirrend nach draußen und ins Zimmer.

Wir liefen zum Fenster, und da drehte er sich mit haßerfülltem Gesicht um und schrie: „Mich hindert ihr nicht! Aber das hier werdet ihr büßen! Die Frauen, die ihr liebt, gehören bereits mir – und durch sie werdet auch ihr meine willigen und gehorsamen Opfer werden!"

In der nächsten Sekunde war er fort – verschwunden, wie vom Erdboden verschluckt oder in Luft aufgelöst. Wir standen stumm und überwältigt vor Staunen da, bis schließlich der Professor sagte: „Jedenfalls haben wir etwas dazugelernt, meine Herren. Dracula hat Angst! Er ist gehetzt, weil er weiß, daß seine Freiheit begrenzt und die Zeit knapp ist. Und er braucht Geld, sonst hätte er es nicht an sich gerafft. Aber wozu? – Doch jetzt schlage ich vor, wir kehren zu Madame Mina zurück."

Jonathans Tagebuch

11. Oktober   Bei unserer Heimkehr erwachte Mina, wirkte aber zu meiner großen Erleichterung ruhig. Als wir aber von unserem Erlebnis erzählten, brach sie in Schluchzen aus, sie ängstigte sich noch nachträglich um mich. – Aber gegen Morgen weckte sie mich plötzlich. Ich fuhr erschrocken auf, weil ich glaubte, es sei etwas passiert. Doch sie war sehr gefaßt und sagte mit großer Bestimmtheit: „Jonathan, ich bitte dich, hole den Professor, und zwar gleich. Ich muß ihn unbedingt sofort sprechen."

„Ja, warum denn?" fragte ich noch schlaftrunken.

„Mir ist ein Gedanke gekommen. Aber, bitte, erschrick nicht! Der Professor muß mich hypnotisieren, noch bevor die Sonne aufgeht. Ich habe das Gefühl, daß ich erst dann ungehemmt werde sprechen können. Und ich spüre, daß ich etwas Wichtiges weiß, aber nur im Unterbewußtsein. Also beeile dich, Liebster, hole ihn!"

Ich lief aus der Tür und wäre fast über Jack gestolpert, der dort auf einer Matratze lag und sich mit Arthur die Nachtwache teilte.

„Was ist?" rief er und fuhr auf.

„Nichts! Mina will nur sofort den Professor sprechen", erklärte ich ihm.

Ich weckte van Helsing, und er folgte mir ohne weitere Fragen in Morgenrock und Pantoffeln ins Gästezimmer. Mina ergriff seine Hände und bat: „Herr Professor, Sie müssen mich hypnotisieren. Bitte, tun Sie es schnell, bevor die Sonne aufgeht. Bei vollem Bewußtsein sind mir die Lippen versiegelt, aber in Hypnose kann ich vielleicht darüber sprechen. Schnell, der Himmel wird schon hell!"

Zu meinem Erstaunen kam der Professor Minas befremdlichem Wunsch sofort nach, und schon nach zwei Minuten war sie in Trance.

Dann fragte der Professor: „Wo sind Sie jetzt?"

„Ich weiß nicht", lautete die eintönige und zaudernde Antwort. „Ich kenne mich hier nicht aus. Es ist dunkel."

„Hören Sie etwas?"

„Ja, ich höre Wasser plätschern und Wellen schlagen . . . Ich glaube, ich bin an Bord eines Schiffes."

„Hören Sie noch etwas?"

„Ja, Schritte an Deck, eine Kette rasselt. Jetzt ruft jemand etwas."

„Was tun Sie selber, Mina?"

„Ich liege still, ganz still . . ., so als wäre ich tot . . ."

Jetzt drangen die ersten Sonnenstrahlen ins Zimmer, und im selben Augenblick schlug Mina die Augen auf. Zunächst sah sie uns etwas verwirrt an, dann aber fragte sie eifrig: „Habe ich gesprochen? Was habe ich gesagt?"

Der Professor wiederholte ihre Worte, und sie setzte sich erregt im Bett auf.

„Er ist auf der Flucht! Er ist schon mit einem Schiff unterwegs!" rief sie. „Oh, vielleicht ist es schon zu spät!"

Inzwischen waren auch Arthur und Jack ins Zimmer gekommen und lauschten nun ebenfalls dem Professor, der sagte: „Offenbar lichtete das Schiff bereits die Anker, als Madame Mina mit dem Grafen in Verbindung kam. Jetzt ist klar, warum der Graf es so eilig hatte und so dringend Geld brauchte. Nämlich für seine Flucht! Also hat er eingesehen, daß er in London nicht mehr vor uns sicher ist. Ihm ist ja auch nur noch eine einzige Kiste mit ungeweihter Heimaterde geblieben, und diese letzte Kiste muß er an Bord geschafft haben, denn auch dort braucht er ja tagsüber einen Ruheplatz. Aber er soll uns nicht entkommen!"

„Aber . . . aber wieso müssen wir ihn denn jetzt noch verfolgen?" fragte Mina zögernd. „Reicht es denn nicht, daß er England offenbar verlassen hat? Daß wir vor ihm sicher sind?"

„Nein, Madame Mina, wir müssen ihn vernichten, und wenn uns die Jagd bis in die Hölle führt. Dracula ist eine Gefahr für die gesamte Menschheit – aber er ist auch nach wie vor eine Gefahr für Sie. Wir können erst sicher vor ihm sein, wenn wir seine Macht für immer gebrochen haben. Vergessen Sie nicht, daß Sie sein Mal am Hals tragen, und das bedeutet, daß er noch immer Macht über Sie besitzt."

*

Auf dem Frühstückstisch fand ich einen Zettel des Professors vor, auf dem stand:

„Mein lieber Jonathan! Ich halte es für das beste, daß Sie zunächst bei Ihrer Frau bleiben. Wenn Sie dies lesen, sind wir drei schon auf der Suche nach dem Schiff, mit dem Dracula abgefahren ist. Ich bin überzeugt, daß er nach Transsylvanien in sein Schloß zurückkehrt. Wir müssen also das Schiff finden, wo er sich an Bord befindet, und feststellen, welche Häfen es anläuft.

Es kostete Dracula Jahre der Vorbereitung, nach London zu kommen, uns aber kostete es nur ein paar Tage, ihn von hier zu verjagen. Also sind wir auf dem rechten Wege, und das erfüllt mich mit Hoffnung – aber der Kampf hat erst begonnen. Dennoch bin ich sicher, daß wir siegen werden. Seien auch Sie guten Mutes! Auf Wiedersehen heute abend.

Ihr van Helsing"

Minas Tagebuch

11. Oktober, abends Protokoll über unsere Besprechung.

Der Professor berichtet: „Wir gingen zu Lloyds, wo eine Liste aller auslaufenden Schiffe geführt wird, und dort erfuhren wir, daß heute früh nur ein einziges Schiff ausgelaufen ist, und zwar zum Schwarzen Meer. Dies wiederum ist der einzige Weg, um per Schiff in die Nähe Transsylvaniens zu kommen.

Es ist übrigens ein Segelschiff und heißt *Zarin Katharina,* das vorher auf der Doolittle-Werft gelegen hat. Nachdem wir dies alles erfahren hatten, fuhren wir unmittelbar darauf zur Werft und fanden dort auch einen Mann, der uns Auskunft gab. Von ihm erfuhren wir, daß gestern kurz nach Sonnenuntergang ein seltsam aussehender Mann erschienen sei, der so schnell wie möglich nach Varna und von dort weiter die Donau aufwärts wollte. Geld schien für ihn keine Rolle zu spielen. Nachdem er die gewünschte Auskunft bekommen hatte, hastete er davon und kam bald darauf mit Pferd und Wagen wieder. Er fuhr den Wagen, der mit einer schweren Kiste beladen war, eigenhändig. Er half sogar mit, sie an Bord zu schaffen. Danach hatte er mit dem Kapitän eine Auseinandersetzung darüber, wo die Kiste aufgestellt werden sollte. Der Kapitän wollte auf seine Sonderwünsche nicht eingehen und wurde ärgerlich und sagte, daß er sich um solche Kleinigkeiten nicht kümmere, er habe genug zu tun, denn sie segelten noch heute ab. Darauf hatte dieser sonderbare Kauz nur gelacht und gesagt, das Schiff segele erst ab, wann es ihm passe. Und damit verließ er den wütenden Kapitän, um noch etwas zu erledigen.

Der Graf – denn natürlich handelte es sich um Dracula – kam nach einiger Zeit wieder und erkundigte sich genau, wo seine Kiste stand. Darauf sah man ihn nicht mehr. Es dachte auch niemand mehr an ihn, da schlagartig Nebel aufgekommen war und man an Bord alle Hände voll zu tun hatte. Seltsam war nur, daß es nur an der Werft Nebel gegeben hatte, wie man später feststellte, sonst nirgends. Jedenfalls segelte das Schiff ab und dürfte sich jetzt weit draußen auf dem Meer befinden.

Unser Feind ist also unterwegs zur Donaumündung. Nun braucht ein Segelschiff lange Zeit bis dahin, und wir können es auf dem Landwege leicht einholen. Glückt es uns, zwischen Sonnenaufgang und Sonnenuntergang Dracula in seiner Kiste zu überraschen, dürfte es ein leichtes sein, ihn für immer unschädlich zu machen."

Wieder fragte ich den Professor, ob diese Jagd wirklich unbedingt nötig sei. Ich fürchte nämlich, daß Jonathan mitfahren will, und ich habe Angst, hier allein zu bleiben.

Zunächst antwortete mir der Professor mit tröstenden Worten, wurde dann aber sehr erregt und schlug sogar mit der Faust auf den Tisch.

„Ja, so begreifen Sie doch, Madame Mina, daß Sie ihm schon hörig sind! Das wird Sie erschrecken, aber es ist die bittere Wahrheit. Selbst wenn er uns kaum noch schaden kann, und auch Ihnen nicht, solange Sie leben, so ist doch eins gewiß: Sie sind ihm verfallen, sobald Sie tot sind. Begreifen Sie denn nicht, daß auch Sie dann zu einem Vampirweibchen werden? Das aber lassen wir nicht zu, wir haben es uns geschworen!"

Jetzt ist es schon spät. Trotz allem bin ich wunderbar ruhig. Wahrscheinlich hat der Professor mich überzeugen können, daß sich alles zum besten wendet. Ja, ich hoffe es zu Gott . . .

Eben habe ich einen Blick in den Spiegel geworfen, die beiden kleinen Wunden an meinem Hals sind grellrot. Plötzlich ist mir, als kralle sich eine eiskalte Hand um mein Herz. Oh, wenn ich doch Frieden fände . . .

Jacks Tagebuch

12. Oktober Heute morgen beim Frühstück war die Stimmung heiterer als seit langem. Es ist eben ein gutes Gefühl, wenn man einen Entschluß gefaßt hat. Die einzige, die still war und auch nicht lachte, war Mina. Ja, sie schien mir sogar beunruhigend still, ich weiß nicht ... Ich muß mit van Helsing reden und seine Meinung hören ...

Später am Tage kam der Professor in mein Arbeitszimmer und wirkte sehr nachdenklich. Schließlich sagte er, was ihn bekümmerte.

„Sagen Sie, Jack, haben Sie auch bemerkt, daß Madame Mina sich in letzter Zeit verändert hat?"

Ich erschrak sehr, denn ich hatte gehofft, ich hätte mir diese Veränderung nur eingebildet. Jetzt nickte ich nur stumm.

„Die Erfahrung mit Lucy zeigt uns, daß wir auf der Hut sein müssen. Madame Minas Schicksal kann sich jeden Tag, ja jede Stunde entscheiden. Noch ist die Veränderung nicht auffallend, aber ihr Blick ist manchmal schon seltsam hart, ja auch ihre Zähne scheinen spitzer geworden zu sein. Doch das ist nicht alles. Sie ist in letzter Zeit sehr still geworden, und Sie werden sich erinnern, daß es mit Lucy genauso war. Vor ihrem Ende sprach sie kaum noch. Was mir große Sorge macht, ist folgendes: Madame Mina kann uns in Hypnose erzählen, was der Graf sieht und hört. Darum erscheint es mir möglich, daß der Graf auch sie zwingen kann, ihm alles über *unsere* Pläne zu enthüllen. Denn seine Macht über sie ist ja unbestreitbar, nicht wahr?"

Wieder nickte ich nur stumm, und der Professor fuhr fort: „Das müssen wir natürlich um jeden Preis verhindern. Wenn Madame Mina aber merkt, daß wir ihr manches verheimlichen, wird sie noch unglücklicher werden. Ja, darauf können wir leider keine Rücksicht nehmen, um ihretwillen nicht. Noch heute werde ich ihr sagen, daß sie bei unseren Unterredungen nicht mehr dabeisein darf. Sie muß sich mit der Versicherung begnügen, daß es zu ihrem Besten geschieht."

Als wir dann später unsere Zusammenkunft hatten, ließ Jonathan uns wissen, daß seine Frau nicht dabeisein werde. Der Professor und ich sahen uns erleichtert an. Dann faßte er die Lage zusammen.

„Wie Ihnen bekannt, ist die *Zarin Katharina* unterwegs nach Varna, wo sie in etwa drei Wochen eintreffen soll. Wir könnten es mit dem Zug in drei Tagen schaffen. Um kein Risiko einzugehen, müßten wir spätestens am 25. Oktober die Reise antreten, dann sind wir bestimmt vor dem Schiff da. Und diese Zeit brauchen wir auch für unsere Vorbereitungen."

„Wie wir durch Jonathan wissen", sagte Arthur, „gibt es in Transsylvanien viele Wölfe, und darum schlage ich vor, daß wir alle Gewehre, am besten Winchesterbüchsen, mitnehmen."

„Ausgezeichnet", sagte der Professor. „Aber, meine Freunde, ist es nicht doch besser, wir fahren noch früher? Schließlich kennt keiner von uns Varna, und wir müssen mit Verzögerungen und Unvorhergesehenem rechnen. Kurzum, mein Vorschlag lautet, wir treffen sofort unsere Reisevorbereitungen und fahren, wenn möglich, übermorgen ab."

Jonathans Tagebuch

12. Oktober Ich kann gar nicht verstehen, warum Mina nicht an unseren Besprechungen teilnehmen will. Mich hat auch gewundert, daß die anderen dies so wortlos akzeptiert haben.

Mina schlief früh ein und lag so friedlich da wie ein kleines Kind. Plötzlich aber schlug sie die Augen auf und bat mich inständig: „Jonathan, du mußt mir etwas versprechen. Du mußt es mir schwören."

„Was denn?" fragte ich lächelnd. „Erst mal muß ich doch wissen, worum es sich handelt."

„Versprich mir, daß du mir nichts mehr über eure Pläne, Dracula zu vernichten, sagst. Kein einziges Wort! Nicht, solange ich noch dieses Mal trage." Sie zeigte auf die Wunde an ihrem Hals.

Das Herz krampfte sich mir zusammen, aber ich ließ mir nichts anmerken und sagte nur ruhig und ernst: „Ich schwöre es dir!"

13. Oktober Wieder eine Überraschung. Mina weckte mich früh und bat mich, den Professor zu holen. Da ich glaubte, sie wollte wieder hypnotisiert werden, holte ich den Professor. Als ich mit ihm vor Minas Bett stand, sagte sie: „Ich möchte mitfahren. Ja, ich bin fest entschlossen dazu, und ich bitte Sie, Herr Professor, um Ihre Erlaubnis. Ich weiß, daß ich nur in Ihrer und Jonathans Gegenwart sicher bin, aber ich weiß auch, daß Sie beide und unsere Freunde dann in größerer Sicherheit sind."

Wir protestierten und hielten ihr vor, daß sie den Anstrengungen der weiten Reise gar nicht gewachsen und das Risiko zu groß sei, besonders im Hinblick darauf, was bereits geschehen war.

Sie faßte sich an den Hals und nickte.

„Aber gerade darum muß ich mitfahren! Denn ich weiß, daß ich nicht widerstehen kann, wenn Dracula mir befiehlt. Ich muß ihm gehorchen, selbst wenn ich euch dabei überlisten müßte. Ihr alle müßt mir helfen, ihm zu widerstehen. Allein kann ich das nicht. Aber ihr seid mutig und zu viert. Und vielleicht kann ich euch ja auch nützen und in der Hypnose Dinge erfahren, die ihr sonst nicht wissen könnt."

„Madame Mina", sagte der Professor ernst, „Sie sind nicht nur eine tapfere, sondern auch eine sehr kluge Frau. Ja, Sie werden uns begleiten. In diesem Kampf müssen wir alle einander beistehen."

Wir gingen ins Nebenzimmer, wo sich inzwischen Jack und Arthur eingefunden hatten. Der Professor erklärte ihnen, daß Madame Mina mitkomme, und daß die Reise um ein paar Tage verschoben werden müsse, da sie Zeit zum Packen brauche. „Wenn die *Zarin Katharina* in Varna eintrifft, sind wir in jedem Fall dort", schloß er.

„Und was machen wir dann?" fragte Arthur.

„Wir gehen natürlich so schnell wie möglich an Bord und suchen die Kiste. Haben wir sie gefunden, versiegle ich den Deckel in der Ihnen bekannten Art. Dracula kann sie dann nicht verlassen, und sobald die Gelegenheit günstig ist, öffnen wir die Kiste und vernichten ihn."

„Ich denke nicht daran, auf eine günstige Gelegenheit zu warten", stieß Arthur hervor. „Sobald wir die Kiste gefunden haben, öffne ich sie und töte dieses Monstrum! Es ist mir egal, ob hundert Zeugen dabei zusehen und man mich dafür hängt!"

Habe soeben mein Testament geschrieben. Falls Mina mich überlebt, ist sie die Alleinerbin, falls nicht, erben alle hilfreichen Freunde mein Vermögen.

Die Sonne geht unter, ich höre Mina rufen.

Später Da Mina in letzter Zeit bei Sonnenaufgang und Sonnenuntergang besonders unruhig ist, holte ich die andern, und wir gingen zu ihr. Zunächst wirkte sie auch recht erregt, gewann aber nach kurzer Zeit ihre Beherrschung wieder. Sie winkte mich herbei und ergriff meine Hand. „Morgen früh begeben wir uns auf die Reise", sagte sie, „ich habe schon gepackt. Gott allein weiß, was dann geschehen wird, aber ich bin froh und dankbar, daß ich mitkommen darf. Doch ihr alle dürft keinen Augenblick vergessen – selbst du nicht, mein geliebter Jonathan –, daß ich anders bin als ihr. Ich trage ein Gift in meinem Blut, das nicht nur mich, sondern auch andere vernichten kann."

Sie rang nach Atem, seufzte, fuhr aber dann gefaßt fort: „Weil dies so ist, müßt ihr alle mir etwas versprechen. Ich verlange, daß ihr mich tötet, wenn die Zeit gekommen ist."

Ich erstarrte. Auch die andern konnten nicht sprechen. Schließlich hörte ich Arthur mit rauher Stimme fragen: „Welche Zeit denn?"

„Wenn ihr seht, daß ich verändert bin. Wenn ich nicht mehr die bin, die ich jetzt bin. Und wenn ihr mich getötet habt . . ., ja, dann müßt ihr das tun, was ihr mit Lucy getan habt, damit ich den ewigen Frieden finde!" Jetzt stürzten ihr die Tränen aus den Augen, und sie lehnte sich erschöpft zurück.

Da schwor der Professor ihr mit fester Stimme, ihren Willen zu erfüllen, und wir anderen – auch ich – sprachen den Schwur nach.

22. *Oktober* – *In Varna* Wir verließen London am 19. Oktober in der Frühe und kamen abends in Paris an, wo wir gleich in den Orientexpreß stiegen, mit dem wir die ganze Nacht und den folgenden Tag fuhren.

Gleich nach unserer Ankunft hier in Varna begab sich Arthur zum Konsulat, um sich nach den einlaufenden Schiffen zu erkundigen. Wie nicht anders erwartet, war Draculas Schiff noch nicht eingetroffen.

Die Wartezeit fällt mir schwer. Glücklicherweise hat Mina die Anstrengungen der Reise gut überstanden. Freilich schläft sie viel, richtig wach und lebhaft ist sie eigentlich nur bei Sonnenaufgang und -untergang.

Um diese Zeit pflegt der Professor sie zu hypnotisieren,

aber ihre Antwort lautet stets gleich: „Ich kann nichts sehen. Es ist stockfinster. Ich höre Wellen schlagen. Die Takelage knarrt. Der Wind heult. Der Bug fährt zischend durch die Wogen."

Also ist das Schiff noch unterwegs nach Varna. Arthur ist zur Hafenbehörde gegangen und hat erklärt, daß sich an Bord der *Zarin Katharina* eine Kiste befinde, die Diebesgut enthält. Ein Freund in London sei bestohlen worden und er wisse, daß sich die Wertsachen in dieser Kiste befänden. Durch diesen Trick hat er die Genehmigung erhalten, sofort nach Einlaufen des Schiffes die Kiste zu öffnen.

31. Oktober Im Hafen noch immer keine Nachricht über die *Zarin Katharina* und nach Minas Aussagen noch immer nur rauschende Wellen, knarrende Masten und heulender Wind.

Jacks Tagebuch

1. November Endlich eine Neuigkeit: Draculas Schiff hat heute früh die Dardanellen passiert. Wir alle sind freudig erregt, denn endlich wird etwas geschehen. Ein Segelschiff braucht von den Dardanellen bis hierher etwa vierundzwanzig Stunden, und da die Nachricht gestern eingetroffen ist, können wir das Schiff heute vormittag erwarten.

Später Noch immer kein Schiff, aber es kann jeden Augenblick kommen ...

Wir alle sind besorgt wegen Mina, die gegen zwölf Uhr bewußtlos wurde. Vormittags war sie sehr aufgeregt und unruhig gewesen, obwohl wir ihr die Nachricht vom baldigen Eintreffen des Schiffes verschwiegen haben. Nach einer Untersuchung meinte der Professor aber, sie schlafe nur ungewöhnlich tief.

2. November Das Schiff ist überfällig. Der Professor befürchtet, es sei Dracula gelungen, zu fliehen.

„Außerdem macht mir Madame Mina Sorgen", sagte er. „Ihr Schlaf ähnelt einer Bewußtlosigkeit. Sehr bedenklich!"

5. November Erfuhren heute auf dem Konsulat, daß die *Zarin Katharina* um ein Uhr mittags vor Galatz eingetroffen ist. Es war ein großer Schock für uns, auch wenn wir schon darauf gefaßt waren, daß unsere Pläne durchkreuzt werden würden.

Da der nächste Zug nach Galatz erst morgen früh geht, müssen wir warten. Im Laufe des Tages nahm mich der Professor einmal beiseite und sagte: „Mein lieber Kollege, ich fürchte sehr, daß Dracula Madame Mina in ihren Betäubungszustand versetzt und auf diese Weise erfahren hat, daß wir in Varna sind. Daraufhin hat er dafür gesorgt, daß das Schiff seinen Kurs änderte und einen anderen Hafen anlief. So muß es sein!"

6. *November*   Ich schreibe dies im Zug zwischen Varna und Galatz. Gestern abend hypnotisierte der Professor Mina wieder einmal, und sie sprach mit eintöniger Stimme: „Ich kann nichts sehen. Alles ist still, kein Wellenrauschen, kein Knarren in der Takelage. Jetzt höre ich etwas. Es sind Ruder, die klatschen, Oh, ich sehe einen Lichtschimmer und spüre einen Hauch frischer Luft."

Hier verstummte sie, öffnete plötzlich die Augen und fragte mit ihrer natürlichen Stimme, ob wir Tee wünschten.

Kaum war sie aus dem Zimmer, sagte der Professor recht erbittert: „Das Schiff muß dicht an Land sein, und es fragt sich nur, ob Dracula es noch schafft, heute nacht an Land zu kommen. Wenn nicht, verliert er ja einen ganzen Tag. An Bord kann er sich keinesfalls zeigen, denn, wie wir durch Madame Mina wissen, hat er ja während der ganzen Fahrt seine Kiste nicht verlassen."

Später   Wir haben ein Abteil für uns allein, sind also ungestört. Da der Zug nirgends hielt, hat der Professor Mina noch einmal hypnotisieren können, und wir warteten in großer Spannung auf ihre Worte. Schließlich brachte sie kaum hörbar hervor: „Ich bin unterwegs. Ich spüre einen kalten Luftzug – höre Stimmen in der Ferne – eine fremde Sprache – jetzt rauscht Wasser – Wölfe heulen."

Sie verstummte und begann zu zittern. Wie sehr der Professor sich auch bemühte, sie zum Weitersprechen zu bewegen, sie antwortete nicht mehr.

Als sie dann zu sich kam, wirkte sie sehr erschöpft. Da sie selber keine Erinnerung an ihre Worte hat, wieder-

135

holten wir sie ihr, aber sie sah uns nur stumm und grübelnd an.

7. *November, morgens* Wir nähern uns jetzt Galatz. Natürlich warteten wir heute früh ungeduldig auf den Sonnenaufgang, um durch Mina Näheres zu erfahren.

„Um mich ist alles dunkel", sagte sie in Hypnose. „Ich höre Wasser vorbeirauschen, das Knarren von Rudern. Jetzt höre ich ein Geräusch... Es klingt seltsam..., es ähnelt..."

Sie verstummte und war leichenblaß.

„Weiter", ermahnte der Professor sie. „Was klingt seltsam, was ist das für ein Geräusch?"

In diesem Augenblick erhellten die ersten Strahlen der Morgensonne den Horizont, und mit einem verzweifelten Blick ließ der Professor von Mina ab. Es war zu spät.

Jetzt pfeift der Zug. Gleich sind wir in Galatz. Was wird dort geschehen?

Jonathans Tagebuch

7. *November, abends* Gleich nach unserer Ankunft in Galatz trennten wir uns. Da Mina Ruhe brauchte, ging ich sofort mit ihr in ein Hotel, während Arthur sich auf den Weg zum britischen Konsulat machte. Der Professor und Jack nahmen eine Droschke zu der Speditionsfirma,

die Lloyd vertritt. Sie kamen bald darauf mit der Nachricht zurück, daß die *Zarin Katharina* im Flußhafen vor Anker liegt.

Ich ließ Mina im Hotel zurück, da sie beteuerte, daß es ihr gut gehe, und ging mit den anderen zum Hafen.

Wir sahen das Schiff dort liegen und konnten kurz darauf den Kapitän sprechen. Er erzählte uns, daß die verdammte Kiste zum Glück verschwunden sei. Das Ding habe auf der Reise nur Ärger gemacht, denn es war der Besatzung unheimlich. Tatsächlich seien auch sehr sonderbare und schwer erklärliche Dinge passiert, jedenfalls waren alle Mann an Bord sich darin einig, daß nur die verfluchte Kiste schuld daran sein konnte. Seine Leute hätten sie bestimmt über Bord gehievt, wenn sie sich nur getraut hätten, sie anzufassen.

„Aber wie ist sie denn verschwunden? Wer hat sie abgeholt?" fragte der Professor, während wir sehr enttäuscht daneben standen.

„Der Mann heißt Petrow Skinsky. Er macht Geschäfte mit den Slowaken, die hier auf dem Fluß Handel treiben. Aber seine Papiere waren in Ordnung, und es gab keinen Grund, ihm die Kiste nicht auszuliefern. Wir waren, wie gesagt, heilfroh, sie loszuwerden."

Während wir noch mit dem Kapitän sprachen, kam ein Mann angelaufen. Aufgeregt und atemlos erzählte er, man habe soeben Petrow Skinskys Leiche neben dem Friedhof gefunden. Mit zerrissener Kehle, so als sei er von einer blutrünstigen Bestie angefallen worden.

Stumm und niedergeschlagen kehrten wir ins Hotel zurück.

Im Zimmer des Professors beratschlagten wir noch, ob wir Mina nicht doch in unsere Pläne einweihen sollten. Es schien sinnlos geworden zu sein, ihr etwas zu verheimlichen, da der Graf ihr Bewußtsein ja im Schlaf anzapfen konnte.

Unsere Lage beginnt verzweifelt zu werden, aber wir müssen jeden Versuch wagen.

Minas Tagebuch

7. *November, abends*   Die Männer kamen so erschöpft und entmutigt zurück, daß ich sie anflehte, diesen Abend nichts mehr zu unternehmen, sondern sich auszuruhen.

Ich habe mit dem Professor gesprochen, und er hat mich über alles informiert. Während die anderen schlafen, will ich versuchen, zu einer Lösung zu kommen. Sieht man etwas mit neuen Augen, gelingt einem dies oft leichter als dem, der mitten im Problem steckt . . .

Minas Plan (in ihrem Tagebuch notiert)

Nach Aussage des Kapitäns holte Petrow Skinsky die Kiste vor Sonnenaufgang ab.

Vermutlich hat Dracula in London schon sehr früh den Entschluß gefaßt, mit dem Schiff zurückzufahren. Ihm blieb ja auch gar keine andere Wahl, weil er zwischen

Sonnenaufgang und -untergang in Todesstarre in seinem Sarg liegt. Im übrigen ist er ja auch mit dem Schiff nach England gekommen. Mit diesem Geisterschiff ohne Besatzung, das vor Whitby auf Grund lief.

Zu bedenken ist, daß ihm doch viele Menschen dienstbar sind. Da sind die Zigeuner, die, wie wir aus Jonathans Tagebuch wissen, ihm halfen, sein Schloß zu verlassen. Da sind die Slowaken, die die fünfzig Kisten nach Varna befördert haben. Und da ist dieser Skinsky, der die letzte Kiste zum Schloß zurückzubringen hatte, und zwar auf dem Flußweg. Freilich hat Dracula diesen Helfer ermordet – sich wahrscheinlich sogar mit seinem Blut gestärkt.

Die Frage ist, auf welchem Fluß die Kiste befördert wird. Ich habe die Landkarte studiert und festgestellt, daß allein der Fluß Sereth in Frage kommt. Sicherlich sind es wieder Slowaken, die die Fracht übernommen haben. Ich weiß ja jetzt, daß ich in der Hypnose ausgesagt habe, daß Wasser rauschte und Ruder klatschten. Also war der Graf in seiner Kiste, und die Kiste befand sich in einem Ruderboot. Nun ist die Sereth der einzige Fluß, der zum Borgopaß führt, dort abbiegt und dann nahe an Draculas Schloß vorbeifließt. Also muß dies auch unser Weg sein!

Später   Als ich den anderen meinen Plan vorlegte, waren sie begeistert. Der Professor küßte mir die Hand und sagte: „Wieder einmal hat Madame Mina bewiesen, daß sie die Klügste von uns ist. Sie hat Draculas Spur wiedergefunden, und wir können nun wieder hoffen, ihn zu fangen und zu vernichten."

„Ich besorge mir eine Dampfbarkasse und verfolge ihn!"
rief Arthur voll Eifer.

„Und ich besorge mir ein Pferd und verfolge ihn vom
Ufer aus!" rief Jack.

„Sehr gut!" sagte der Professor zustimmend. „Aber allein
werdet ihr mit den Slowaken trotz eurer Gewehre nicht
fertig. Darum schlage ich vor, daß Sie beide, Arthur und
Jonathan, sie in der Barkasse verfolgen. Jack kann allein
am Ufer entlangreiten und Ausschau halten, falls der Graf
versucht, irgendwo an Land zu gehen. Jack kann jeder
Zeit die Barkasse benachrichtigen. Ich selber aber werde
mit Madame Mina den Weg nehmen, den Jonathan einst
gefahren ist, nämlich über Bistritz und den Borgopaß bis
zu Draculas Schloß."

Jonathan sprang auf und starrte den Professor entsetzt
und voller Entrüstung an.

„Sie wollen Mina direkt in diese Todesfalle führen? Sind
Sie wahnsinnig geworden? Was wissen Sie denn schon
von diesem grausigen Ort?" schrie er heiser. „Er ist weit
unheimlicher und schrecklicher, als sich mit Worten
sagen läßt. Niemals lasse ich zu, daß Mina Draculas
Schloß betritt!"

„So beruhigen Sie sich doch, mein lieber Freund", sagte
der Professor sanft. „Daß ich Madame Mina mitnehmen
möchte, geschieht nur zu ihrem Besten. Sie hier allein zu
lassen, wäre viel zu gefährlich. Aber natürlich nehme ich
sie nicht mit ins Schloß!"

„Nun gut", sagte Jonathan mit rauher Stimme, „Sie
werden schon das Richtige tun." Dann nahm er mich in
die Arme und drückte mich fest an sich. „Wir müssen

alles in Gottes Hand legen!"

Später Der Abschied von Jonathan fiel mir sehr schwer.
Wenn wir uns nun nie wiedersehen? Ich beherrschte mich
aber, denn der Professor sah mich warnend an. Wenn ich
geweint hätte, dann hätte Jonathan sich nicht von mir ge-
trennt. Und Jonathan muß mit Arthur fahren.

Jonathans Tagebuch

8. November, nachts Arthur und ich sind an Bord der
Barkasse. Er ist gerade im Maschinenraum und heizt. Zum
Glück versteht er sich auf so was, denn er hat selber viele
Jahre lang eine Barkasse gehabt.

Als wir sie mieteten, hatte man uns versichert, daß der
Fluß so tief und breit sei, daß wir selbst bei Dunkelheit
ohne Risiko fahren könnten. Vom Wasser steigt jetzt ein
eiskalter Nebel auf, der einem das Atmen schwermacht
und seelisch niederdrückend wirkt. Vor kurzem glaubte
ich, unheimliche Stimmen zu hören, doch das war natürlich nur Einbildung . . .

Jacks Tagebuch

11. November Bin jetzt drei Tage geritten und habe nur
kurze Ruhepausen eingelegt. Trotz der Anstrengung

schaffen das Pferd und ich den Ritt an dem unwegsamen Ufer recht gut. Aber die Zeit drängt, und ich habe erst Ruhe, wenn ich die Barkasse sehe ...

Minas Tagebuch

9. November   Bin mit dem Professor gegen zwölf Uhr in Veresti eingetroffen. Von hier geht kein Zug mehr, und gerade jetzt ist der Professor unterwegs, um Pferde und einen Wagen zu besorgen. Ein Weg von elf Meilen liegt vor uns.

Wir wohnen hier in einem einfachen Gasthaus, und die Wirtin ist sehr hilfreich. Sie bereitet unseren Proviant vor, es ist so viel, daß es für eine ganze Kompanie reichen würde. Aber der Professor meint, es sei gut, mit einem großen Proviant zu reisen für den Fall, daß wir unterwegs kein Gasthaus finden. Er hat sogar Felle, Pelze, Wolldecken und warme Jacken besorgt, falls wir im Freien kampieren müssen.

10. November   Wir haben mehrfach die Pferde gewechselt und auf Bauernhöfen eine warme Suppe oder Tee bekommen. Der Professor hat den Leuten gesagt, daß wir möglichst schnell nach Bistritz müssen, und hat gegen gute Bezahlung auch immer neue Pferde bekommen. In einer Bauernstube zog ich meinen Pelz aus, und da sah die Bäuerin die beiden Male an meinem Hals. Sie schrie auf, bekreuzigte sich und streckte mir zwei Finger entgegen, genauso wie Jonathan es beschrieben hat. Auch die Wirkung von Knoblauch scheint den Leuten hier nicht unbekannt zu sein; denn sie taten uns eine besonders große Portion in unsere Suppe. Hier übernachten wir auch.

11. November Wir sind den ganzen Tag gefahren und ruhen erst jetzt am Nachmittag ein wenig. Ich habe den Professor überreden können, mir hin und wieder die Zügel zu überlassen. Er meint, daß wir morgen früh am Borgopaß sind. Die Landschaft ist hier viel wilder, und wir sehen nur noch selten einen Bauernhof.

Professor van Helsings Aufzeichnung

13. November, morgens Wir haben gestern den Borgopaß passiert. Die Gegend hier ist sehr öde. Ich bin beunruhigt darüber, daß Madame Mina ständig schläft. Ich konnte sie nicht einmal wecken, damit sie etwas zu sich nimmt. Es steht außer Zweifel, daß diese Umgebung eine ungute Wirkung auf sie hat. Da ich gestern den ganzen Tag gefahren bin, nickte ich für ein Weilchen ein, aber die Pferde fanden trotzdem ihren Weg.

Plötzlich erwachte ich mit einem Ruck. Die Sonne stand tief am Himmel, und Madame Mina schlief noch immer fest. Vor uns lag ein steiler Berg, und hoch oben sah ich ein düsteres Schloß. Nach Jonathans Beschreibung mußte es Schloß Dracula sein. Wir waren also am Ziel!

Mit Mühe gelang es mir, Madame Mina zu wecken, um sie zu hypnotisieren – die letzten Male mißlang es stets. Zu meinem Erstaunen wirkte sie munter und gut gelaunt.

Ich spannte die Pferde aus und machte an geschützter Stelle ein Lagerfeuer. Daneben breitete ich die Felle aus und bat Madame Mina, Platz zu nehmen und sich zu wärmen, während ich uns eine Suppe kochte. Aber sie weigerte sich zu essen. Dies geht nun schon vierundzwanzig Stunden so, und ich weiß, wie bedenklich es ist. Aus Sorge, ihr könnte Schlimmes geschehen, entschloß ich mich dazu, etwas zu tun, was sie vor allem Bösen schützt. Aus den Büchern über die Schwarze Magie weiß ich, wie man einen Zauberring legt, und das tat ich jetzt. Mit einem Stecken zog ich einen schützenden Kreis um sie und verteilte darauf zerkrümelte Hostie.

Ich hatte dies alles wortlos getan, und auch meine Reisegefährtin beobachtete mich stumm, war aber sehr blaß geworden. Dann sprang sie schließlich auf und fiel mir zitternd in die Arme. Es gelang mir, sie zu beruhigen, und dann sagte ich zu ihr: „Bitte, kommen Sie doch näher ans Feuer, hier ist es wärmer."

Ich wollte die Wirkung des Zauberringes prüfen. Sie machte einen Schritt vorwärts, blieb dann aber wie angewurzelt stehen.

„Ja, kommen Sie nur!" forderte ich sie wieder auf.

Da schüttelte sie nur stumm den Kopf und setzte sich wieder auf ihren alten Platz. Dabei starrte sie mich mit aufgerissenen Augen an, wie in Trance.

Ich war zufrieden. Sie konnte den Ring nicht durchbrechen, also konnten es böse Geister auch nicht von außen.

Plötzlich wieherten die Pferde wild auf und scheuten mit zurückgeworfenen Köpfen. Ich fürchtete, sie könnten sich losreißen, und lief hin, um sie zu beruhigen.

Später erlosch das Feuer, und es fing an zu schneien. Die Flocken fielen immer dichter, und ein eiskalter Nebel kroch immer näher an uns heran.

Als ich in den wirbelnden Schnee starrte, kam es mir vor, als forme er sich zu schwebenden Gestalten. Alles ringsum war totenstill, nur die Pferde wieherten ab und zu angstvoll. Auch mich ergriff plötzlich eine große Bangigkeit, und ich begab mich sicherheitshalber in den Kreis und setzte mich neben Madame Mina, die ich fürsorglich zudeckte.

Ich konnte meinen Blick nicht von diesen wirbelnden Gestalten lösen. Hätte mich die gleiche Furcht gepackt, wenn ich Jonathans Tagebuch nicht gelesen hätte? Aber nun kannte ich es und wußte, daß mein Schrecken nicht unbegründet war. Die Gestalten nahmen immer festere Formen an – ja, es waren die drei Mädchen! Die Vampirweibchen! Verführerisch lächelnd wandten sie sich an Madame Mina und flüsterten: „Komm, Schwesterchen! Komm zu uns! So komm doch!"

Mir stand fast das Herz still. Voll Angst und Sorge sah ich Madame Mina an. Doch welch unbeschreibliche Erleichterung – ihr Blick war voll Abscheu und Grauen! Also gab es noch Hoffnung für sie! Noch gehörte sie nicht zu diesen schrecklichen Wesen!

Die Pferde drängten sich aneinander und zerrten an

ihren Halftern. Ich mußte zu ihnen, mußte den Zauberring verlassen. Mit erhobenem Kruzifix in der einen Hand
und einer Hostie in der anderen wollte ich an den drei
Mädchen vorbei zu den Pferden gehen, doch in diesem
Augenblick wurden die Pferde ruhig und legten sich still
auf den Boden.

Und da endlich brach das erste Morgenlicht hervor,
und in demselben Augenblick lösten sich die drei Gestalten auf und wurden wieder eins mit Schnee und Nebel,
der jetzt zum Schloß hinüberwehte.

Während ich dies schreibe, schläft Madame Mina. Ich
habe soeben ein neues Feuer angemacht und nach den
Pferden gesehen. Sie liegen tot unter einer Schneedecke!

Jonathans Tagebuch

12. November, abends Etwas Schlimmes ist geschehen:
Unsere Barkasse ist beschädigt. In einem Strudel brach die
Schraube, und dabei hatten wir Dracula fast eingeholt!

Ich denke mit großer Sorge an meine geliebte Mina.
Wie mag es ihr gehen?

Da wir den Schaden nicht reparieren können, haben wir
uns zwei Pferde besorgt. Zum Glück lag ein Bauernhof in
der Nähe, wo wir sie mieten konnten. Natürlich haben
wir unsere Waffen mitgenommen, und falls wir den
Zigeunern oder Slowaken begegnen und sie uns angreifen,
werden wir ihnen einen harten Kampf liefern. Wenn wir
nur Jack hier hätten!

Jacks Tagebuch

13. November   Habe bei Tagesanbruch die Zigeuner entdeckt. Sie fuhren mit einem Leiterwagen vom Fluß weg,
peitschten ihre Pferde und trieben sie mit Gebrüll an.

Es schneit in einem fort, in der Ferne höre ich Wölfe
heulen. Sie scheinen näher zu kommen. Ich reite dem Tod
entgegen, das spüre ich, aber wessen Tod, weiß ich
nicht...

Professor van Helsings Aufzeichnung

13. November, nachmittags   Ich danke Gott, daß ich noch
bei Verstand bin und dies schreiben kann.

Während Madame Mina innerhalb des geweihten
Ringes schlief, machte ich mich auf zum Schloß.

Das Portal war unverschlossen. Um sicherzugehen,
zertrümmerte ich das Schloß mit einem Schmiedehammer, damit mir in jedem Fall dieser Fluchtweg offen-
blieb. Es fiel mir nicht schwer, die alte Kapelle zu finden,
wo ich die Aufgabe erfüllen wollte, die ich mir gestellt
hatte.

Die Luft in der Kapelle war so dumpf und übel-
riechend, daß ich kaum atmen konnte und mir fast
schlecht wurde. Plötzlich hörte ich in der Ferne Wolfsge-

heul, das bis in dieses tiefe Gewölbe zu mir drang. Mit Schrecken durchzuckte mich der Gedanke an die arme Madame Mina, die ich allein in der Wildnis zurückgelassen hatte. Innerhalb des geweihten Kreises war sie zwar vor allen bösen Geistern geschützt, aber nicht vor Wölfen!

Aber welche Wahl blieb mir? Was wäre schlimmer: von Wölfen zerrissen oder in einen Vampir verwandelt zu werden und damit für immer den ewigen Frieden zu verlieren? Schweren Herzens entschloß ich mich, unbeirrt ans Werk zu gehen.

Ich untersuchte die drei ersten Särge – und darin lagen die drei Mädchen, die Jonathan beschrieben und die ich in der Nacht mit eigenen Augen gesehen hatte. Strahlend schön und verlockend in ihrem Liebreiz lagen sie da – aber es war eine böse und gefährliche Verlockung.

In diesem Augenblick erklang in der Ferne ein Schreckensschrei, und ich kannte die Stimme, sie gehörte Madame Mina!

Doch ich durfte nicht zaudern. Ich eilte zu den anderen Särgen und kam endlich zu einem, der größer und prächtiger war als alle übrigen. Die Inschrift auf dem Sargdeckel bestand aus einem einzigen Wort:

DRACULA

Wie nicht anders zu erwarten, war der Sarg leer. Ich steckte eine Hostie in die darin befindliche Erde und verbannte den Grafen damit für immer von seiner Ruhestätte.

Jetzt mußte ich mich an mein grausiges Werk machen. Ich nahm einen der drei mitgebrachten spitzen Pfähle, setzte ihn dem ersten Mädchen auf die Brust und schlug mit dem Hammer zu. Ein höllischer Schrei erklang, und Blut spritzte nach allen Seiten. Hätte ich nicht gleich darauf gesehen, welch stiller Friede sich auf die Züge dieses armen Geschöpfes legte, hätte ich wohl kaum die Kraft gefunden, das gleiche noch zweimal zu tun.

In großer Hast verließ ich dann diesen schaurigen Ort und machte mich nun daran, das Portal mit Hostie zu versiegeln, so daß dem Grafen der Zugang zu seinem Schloß für immer verwehrt war.

Welch Glück, ich habe Madame Mina unversehrt an unserem Lagerplatz wiedergefunden! Freilich war sie ganz außer sich vor Angst und rief mir mit zitternder Stimme entgegen: „Oh, nur weg von hier! Ich halte es hier nicht länger aus! Es war zu entsetzlich!"

Minas Tagebuch

14. November   Es wurde doch Nachmittag, ehe wir aufbrachen. Uns stand eine anstrengende Wanderung bevor, denn die Pferde waren ja tot – verendet in den Schrecken der Nacht! Bepackt mit den schweren Fellen und dem Proviant, stapften wir durch den tiefen Schnee. Der Anblick dieser schneebedeckten Ödnis machte mich ganz mutlos. Nirgends war Leben, nirgends ein Hof oder ein Haus – nur Draculas Schloß lag drohend dort oben.

Noch unheimlicher wurde es, als wir jetzt in der Ferne die Wölfe heulen hörten. Es war ein Glück, daß wir bald eine Grotte fanden, die uns Schutz bot.

„Hier sind wir sicher", tröstete der Professor mich. „Wenn sich die Wölfe bis hierher wagen, kann ich einen nach dem anderen mit meiner Büchse abwehren."

Er trug die Felle hinein und machte mir ein Lager zurecht. Dann bot er mir etwas zu essen an, aber wieder konnte ich keinen Bissen hinunterbringen. Er selbst stärkte sich und stellte sich dann auf eine Felsplatte vor der Grotte, holte sein Fernglas heraus und suchte den Horizont ab. Nach einer Weile hörte ich ihn rufen.

Ich lief zu ihm hinaus, und er reichte mir das Fernglas und wies auf einen Punkt. Weit in der Ferne sah ich die Windungen des dunklen Flusses in der weißen Landschaft. Ich sah suchend umher, und plötzlich entdeckte ich Reiter, die neben einem Leiterwagen ritten. Auf dem Wagen erkannte ich deutlich eine lange Kiste. Mir blieb fast das Herz stehen – das Ende unseres Kampfes war also nahe! Bald würde es Abend werden, und bei Sonnenuntergang würde das Ungeheuer in der Kiste nach Belieben Gestalt annehmen und seinen Verfolgern entfliehen können. Dracula, der Herrscher aller Vampire, konnte sich in einen Wolf, eine Fledermaus, ja sogar in Nebel verwandeln. Wie sollte man so einen Feind bekämpfen?

Ich war so erregt, daß ich erst jetzt bemerkte, daß der Professor nicht mehr neben mir stand. Gleich darauf entdeckte ich ihn unter mir auf einer Felsplatte. Gebückt ging er dort umher, und bald wurde mir klar, daß er auch dort einen magischen Kreis zog, diesmal um die ganze Klippe. Nach einiger Zeit kam er zu mir herauf und sagte: „Jetzt, Madame Mina, sind Sie wenigstens vor ihm sicher und können sich etwas bewegen."

Wir liefen hinunter, und dort nahm er mir das Fernglas aus der Hand, beobachtete den Wagen und die Berittenen daneben und murmelte: „Ja, es sind die Zigeuner. Und sie haben es eilig. Sie müssen das Schloß vor Sonnenuntergang erreichen. Wo bleiben nur unsere Männer?"

In diesem Augenblick nahm ihm eine Wolke wirbelnden Schnees die Sicht. Als es bald darauf wieder etwas klarer wurde, rief er: „Da! Schauen Sie! Ein einsamer Reiter. Das muß Jack sein!"

Ich riß ihm fast das Glas aus der Hand, um selber sehen zu können. Ja, es war Jack! Aber wo war Jonathan? Wo waren Jonathan und Arthur? Auf dem Fluß war nirgends eine Barkasse zu sehen. Ich spähte aufgeregt in die Runde, und da plötzlich sah ich noch zwei Reiter. In rasendem Galopp kamen sie von Norden herbei. Ja, es waren Jonathan und Arthur!

Der Professor winkte und schrie „Hurra" wie ein Schuljunge, und ich fiel ihm glücklich in die Arme. Dann aber, plötzlich hörten wir wieder Wolfsgeheul. Und es kam näher! Der Professor hielt seine Büchse im Anschlag, und ich griff nach meinem kleinen Revolver. Selbst ohne Fernglas sahen wir deutlich dunkle Schatten, die auf uns zuliefen. Erst kamen drei dieser Bestien dicht hintereinander, dann folgte im Abstand ein ganzes Rudel! Die Wölfe witterten ihre Beute.

Meine Angst vor den Wölfen wurde noch übertroffen von meiner Sorge um Jonathan und die beiden anderen. Die Zigeuner schienen ihre Verfolger noch nicht bemerkt zu haben, dennoch rasten sie immer wilder dahin, wohl weil die Sonne schon dicht über den Gipfeln stand.

Sie näherten sich uns, und der Professor und ich kauerten uns mit entsicherten Waffen hinter einen Felsvorsprung. Der Weg führte unmittelbar an uns vorbei, und ich sah dem Professor an, daß er die Zigeuner nicht unbehelligt vorbei lassen würde.

Da hörten wir zwei Stimmen fast gleichzeitig „Halt!" rufen. Unsere kühnen Männer hatten den Wagen und die Zigeuner erreicht. Wenn diese den Ruf auch sicherlich nicht verstanden hatten, so hatten sie doch den befehlenden Ton gehört. Sie zügelten die Pferde vor dem Wagen, aber ein Ruf des Häuptlings erscholl, und gleich darauf schlugen sie wieder auf ihre Pferde ein. Erst als unsere Männer jetzt ihre Gewehre auf sie richteten, hielten sie an. Sie sahen, daß sie umzingelt waren.

Wieder schrie der Häuptling etwas, und alle seine Leute zogen Dolche und Pistolen, die wir in der untergehenden Sonne aufblitzen sahen. Jetzt zeigte er auf die Sonne, dann auf das Schloß, schrie wieder etwas und versuchte auszubrechen. Im selben Augenblick aber sprangen seine Verfolger von den Pferden und stürzten zum Leiterwagen. Ein wilder Tumult brach los.

Ich war wie gelähmt vor Schreck, denn in diesem Kampf stand es sehr ungleich. Jonathan und seine beiden Freunde waren allein gegen viele Zigeuner. Schüsse fielen, und mit bebendem Herzen sah ich, daß unsere drei Männer sich nicht abschrecken ließen. Weder die Pistolen und Dolche der Zigeuner noch das sich nähernde Wolfsgeheul hielten sie auf.

Mit einer Mischung aus Entsetzen und Bewunderung sah ich, wie Jonathan sich gleich einem Besessenen als erster zu dem Wagen vorkämpfte. Urplötzlich schwang er sich hinauf und kippte mit einer gewaltigen Anstrengung die schwere Kiste hinunter. Arthur schlug wie wild um sich, um Jonathan zu Hilfe zu kommen. Er schwang sein großes Jagdmesser und hieb auf die Zigeuner mit ihren gezückten Dolchen ein. Da sah ich, daß er sich mit seiner linken Hand plötzlich an die Brust griff, sah Blut hervorspritzen.

Trotz der Verwundung gab er nicht auf. Während Jonathan in verzweifelter Hast mit seinem Dolch den Deckel zu lockern versuchte, wankte Arthur zu ihm, und als auch er nun sein starkes Jagdmesser unter den Deckel zwängte, gaben die Nägel nach, und der Deckel flog auf.

Jetzt schien der Widerstand der Zigeuner gebrochen zu sein. Sie starrten machtlos in die Mündung von Jacks Gewehr. Schon war die Sonne halb hinter den Gipfeln verschwunden, aber noch war es hell genug, das Grausige deutlich zu sehen. In der Kiste lag der Graf. Sein Gesicht war totenbleich wie das einer Wachsfigur, aber die aufgerissenen Augen flammten in Haß und Rachgier. Als er sie der untergehenden Sonne zuwandte, blitzten sie in wildem, schadenfrohem Triumph auf.

In diesem letzten Augenblick stieß Jonathan mit seinem Jagdmesser zu. Sein Hieb traf Draculas Kehle so tief, daß der Hals fast durchtrennt wurde. Gleichzeitig hob Arthur seinen langen Dolch und stieß ihn mit Wucht in Draculas Herz.

Was dann geschah, war unglaublich, wir trauten unseren Augen nicht. Im Bruchteil einer Sekunde gab es den Grafen nicht mehr – die Leiche war zu Staub zerfallen!

Ich wagte kaum zu glauben, was ich da sah. Wagte nicht zu glauben, daß es dies Ungeheuer, den Herrscher aller Vampire, nicht mehr gab.

Als die Zigeuner diese sekundenschnelle Verwandlung sahen, packte sie besinnungslose Furcht. Sie warfen sich auf ihre Pferde und rasten in gestrecktem Galopp davon. Bald folgten ihnen heulend die Wölfe. Auch von dieser Gefahr waren wir nun befreit.

Ich warf einen Blick auf Draculas Schloß, das sich kohlschwarz vor dem roten Abendhimmel abzeichnete. Schaudernd wandte ich die Augen ab und sah wieder zu unseren kühnen Männern hin.

Und da blieb mir fast das Herz stehen. Arthur war zu Boden gesunken und hielt die Hände auf den Leib gepreßt. Zwischen seinen Fingern rann Blut hervor. Jetzt brauchte ich den schützenden Zauberkreis ja nicht mehr und lief zu dem Verwundeten. Auch der Professor und Jack, die beiden Ärzte, liefen herbei, und Jonathan fiel neben seinem Freund auf die Knie und bettete seinen Kopf in den Schoß.

Aufschluchzend kniete ich neben Arthur nieder. Trotz seiner Schmerzen lächelte er mir zu und flüsterte mit matter Stimme: „Ich bin stolz und froh darüber, daß ich bei diesem Kampf dabeisein durfte ... Daß ich dich,

Mina, gerettet habe... Daß ich Lucy gerächt habe..."
Er hob seine zitternde Hand und zeigte auf mich. „Seht!
Seht doch!" rief er. „Der Tod ist kein zu hoher Preis da-
für!"

Die anderen sahen mich an und flüsterten ergriffen ein
leises „Amen".

„Gott sei gedankt, daß es nicht vergeblich war", flüsterte
der Sterbende. „Seht ihren weißen, unbefleckten Hals! Der
Fluch ist für immer von ihr genommen!"

Mit diesen Worten sank unser tapferer, treuer Freund
zurück. Er hatte seinen letzten Atemzug getan.

Jonathan Harkers Schlußnotiz

Mit Minas Worten über ihre Heilung und den Tod
unseres treuen Freundes Arthur Homwood schließen die
Aufzeichnungen, die wir alle über das grausige und
dramatische Geschehen, das nun sieben Jahre zurückliegt,
gemacht haben.

Mina und ich haben das Glück gefunden, das uns
ohne Hilfe der Freunde nie beschieden gewesen wäre.
Unseren Sohn haben wir zum Andenken an unseren edlen
toten Freund Arthur getauft.

Vor einigen Tagen hatten wir Besuch von Jack und
Professor van Helsing und nahmen uns unsere Notizen
von damals vor, die Mina inzwischen alle mit der
Maschine ins reine geschrieben hatte. Bei dieser Gelegenheit fiel mir auf, daß wir eigentlich keinen einzigen Be-

weis für die damaligen Erlebnisse hatten aufzeichnen können.

Als ich dies äußerte, sagte der Professor: „Wozu Beweise? Wir vier brauchen keine, und wir verlangen von niemand sonst, daß er uns Glauben schenkt! Wir kennen die Wahrheit und sind dankbar dafür, daß wir Ihnen, Madame Mina, und der gesamten Menschheit damals einen so großen Dienst erweisen durften."

Titel der englischen Originalausgabe:
DRACULA
übersetzt und bearbeitet von
Anna-Liese Kornitzky
Deckelbild: Herbert Horn
Redaktion: Angela Djuren
© 1981 Franz Schneider Verlag GmbH & Co. KG
für diese Ausgabe
München – Wien
ISBN 3 505 07282 6
Bestellnummer: 282

Schneider-
Buch

Die phantastische Reihe

– zu erkennen an dem violetten Rahmen –

Diese Nummern stehen auf dem Rücken der Schneider-Taschenbücher und erleichtern das Finden

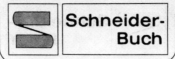

Die phantastische Reihe

– zu erkennen an dem violetten Rahmen –

Diese Nummern stehen auf dem Rücken der Schneider-Taschenbücher und erleichtern das Finden

Schneider-Buch

Im Schneider-Taschenbuch gibt es folgende Reihen:

Die Mädchen-Reihe
roter Rahmen

Die Abenteuer-Reihe
blauer Rahmen

Die Krimi-Reihe
schwarzer Rahmen

Die phantastische Reihe
violetter Rahmen

Die Tier-Reihe
gelber Rahmen

Die Rote-Degen-Reihe
weinroter Rahmen

Die Abenteuer-Report-Reihe
mit Abenteuerfotos